世紀末ディスコ

岡武士

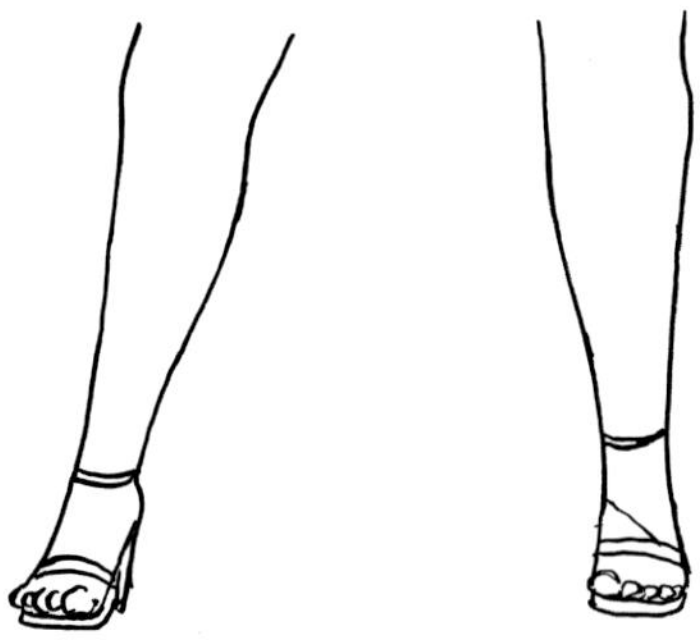

装丁　井口弘史
―
挿画　五木田智央

世紀末ディスコ

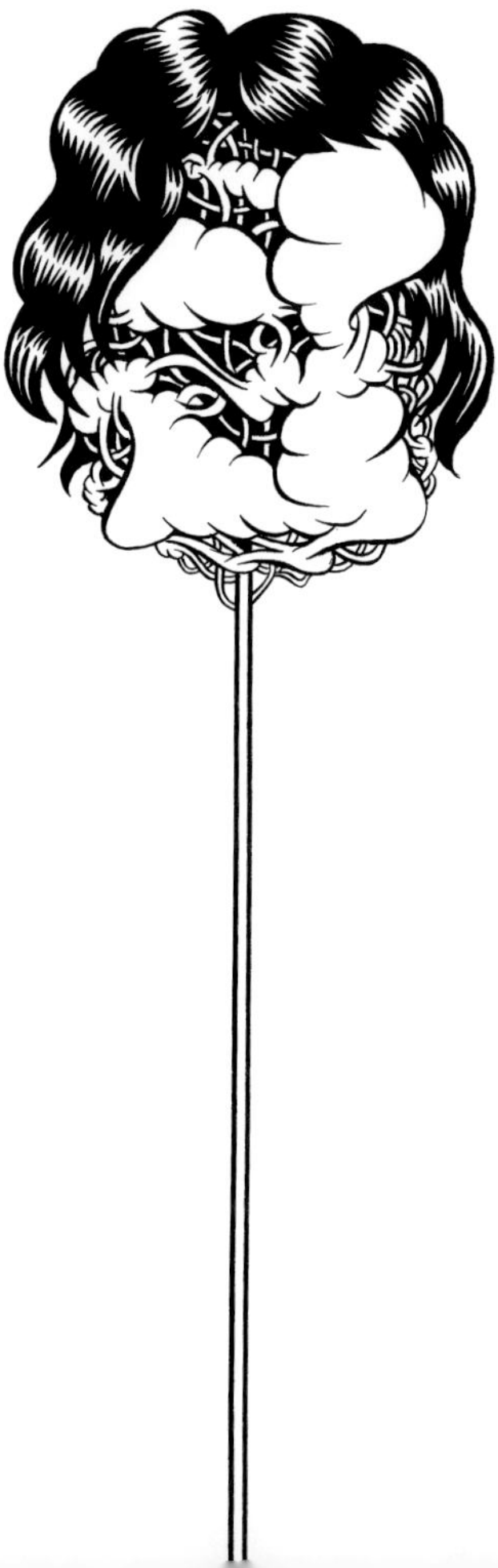

顔面歪曲腹部激痛肛門痙攣脳内真空状態ながらも柴原工作の陰茎は固くそして太くなっていた。マイクを握ることすら困難な末期的状況に追い込まれても柴原工作は負けない。今世紀最後のマイトガイ（で、ありたい）・柴原工作は敗北しない。なぜならいま、薫子と肩と肩を寄せ合っているのだから。次はなにを歌う？　高田渡？　などと言いながら分厚いインデックスを柴原工作の太股にのせて薫子は楽しそうにページをめくっているのだから。柴原工作の鼻孔に薫子の甘い……。

「ミートソース、冷めてしまうよ、食べたほうがいい、よ」柴原工作は言った。

「工作のピラフがきたら食べる」薫子はそう答えた。

道ゆく女の子のどれだけが、こんな女の子なんだ？　すれ違っていった女の子のどれだけが。やはり自分は正しいと思った。ぼくは、薫子は圧倒的に正しい。総毛立つ体で柴原工作は踊ろうと思った。そうすべきだと思った。マイクを握りしめて歌った。溢《あふ》れるたくさんの後悔。そして一筋の光明。ダンス。マーチ。ワン・ツー・パンチ。ミラーボールは回転して原色の光が行き交う。自らの口から放たれる「人生はワン・ツー・パンチ」、そんな強烈なフレーズに鼓舞されて、柴原工作はフィーバーした。顔面いっぱいに彼岸の笑みをうかべ、柴原工作はアジるように拳を突き出しては腰をまったりとくねらせて歌った。リモコンで曲コードを画面に送っている薫子の姿が、非現実的なものに見える。

柴原工作は人間性を見失ったかのようにソファーの上で飛び跳ねた。ぴたっと止まってはまた飛んだ。痛いのやら痛くないのやら、わけがわからないと感じつつも、やはり、痛いものは痛い。薫子は美空ひばりの「お祭りマンボ」を歌いはじめた。ふたりの目が合った。薫子は陽気に歌っていた。薫子が手を伸ばすので柴原工作はソファーから飛び降りて薫子の手を握った。手と手を取り合う？　こんなぼく（必死でウンコを我慢している）ですが。素敵だぞ。柴原工作は薫子とともに、わっしょいわっしょい、刹那的な気分で歌い踊った。キラキラと輝く未来に遂に足を踏み入れたような、そうでもないような、わからないまま、キリキリキリキリキリと永遠につづいていきそうな痛みはやはりどこへも行かない。時間の問題だった。下腹部の緊張はピークに達していた。わっしょい。止まらない汗。わっしょい。血の気の失せた顔。わっしょいわっしょい。それでも笑顔で。それだけは忘れないで。そーれそれそれお祭りだ。お祭りだ。お祭りだ。メロディーが止まり、一瞬の静寂。

おならぷー。

やだー工作、と反応する笑顔の薫子を見て柴原工作が穏やかではあるが複雑な笑みをこぼした刹那――。

薫子はイノセントな笑顔をうかべて親愛の情がこもった強烈な右ストレートを腹部に三発くり出してきた。金色マイクが落下して耳障りな音をたてる。ぐんにゃり、柴原工作は体をひん曲げて膝をついた。最期のときがきたらとりあえずは逃亡、そんな計画もあっさり崩れた。立ち上がることができない柴原工作、今日も明日もがんばるという自分の言葉がふっと脳裏をよぎる。柴原工作は確かにがんばった。もらさぬようにがんばり、もらさぬようにがんばる自分の懊悩《おうのう》を薫子に悟らせないようがんばった。ようがんばった。あきらめた、そう言ってしまっては身も蓋もないのだが、あまねくすべてのものには限界があった。数時間前の「不明確な吉兆の感触」やら、数十分前の「これから世界が変わっていくのだろう、そんな予感」やら、数分前の「熱い思い」などがサラサラと砂のように手のひらからすり抜けていくのを柴原工作は感じた。絶対無理、瞬時に悟った。なんの根拠もなしに摑み取ったと確信してた色彩豊かな世界も結局は刹那の夢だったんだねと気づくのはあっという間なんだね、そんな人間、簡単には変わらない。やっとはじまりを見つけたと思ったのにね。

為《な》す術もなく、ぷりり、びびびびび、ぷりぷりび。わかりやすい音とともに、柴原工作の体内から出るべきものが出た、遂に出た、とうとう出た。夜なべしてつくったバミューダの裾から、しゃー、ぴたぴたぴたしゃー、汚物（液状）が紫色の絨毯にこぼれ落ちる。あらゆる感情を排除してしまうような、そんな染みが、広がっていく。

薫子とはここで終わってしまうのだろう、薄れていく意識のなかで思う柴原工作であった。もっともっとつづきをつづけていきたかった、薫子とふたりで。電車に乗ってどこかへ行きたかった、薫子とふたりで。でたらめでもいい暴力のない平和な暮らし、薫子とふたりで。きみとはもう二度と会えないのだろう？　そう、楽しいひとときは終わった……。

そんなやりきれない話。数々の努力、死闘も虚しく彼は散ったわけだ。これから柴原工作という名もなき男の揺るぎない敗北への過程を語っていくわけだが、果してそれが有意義であるのかどうか、おれにはわからない。悲しみを分かち合う！　ともに喜びを五等分！　どれほどの奴が柴原工作の思いに共感し、感情移入できるのか。誰かの特別な一日がその他大勢にとってもある種特別な一日になるなんて、そんなわけねーよな。調子にのるなよ。おれはおれでしかない。まてまて、柴原工作自身にとっても、この日が特別なのかどうか、そんなことはわからない。特別な一日なんてずいぶんと怪しいもんだ。くり返す毎日。そんな毎日をたたきつぶす毎日ってやつは、日々ってやつはまるで鉄のようだとかなんとか、言い訳はしたくねえな。おれたちは結果から逃れることはできない。それだけのことだから、ひどい空気にやられないうちに、いいかげん日本酒はよして、時間を遡《さかのぼ》り、上野の山から、ことの次第を、敗北への道程を語ることにしよう。

西郷隆盛の周辺だというのにずいぶんと混雑しているのを見て、上野も悪くないかもしれないと柴原工作は思った。それにしてもなぜ上野なのか、柴原工作は理解できないでいた。渋谷、新宿、六本木のほうが楽しいのではなかろうか。と、今日のことに関しては全面的に花嶋に頼りきっているくせに、ほとんど行ったこともない渋谷、新宿、六本木のほうがいいのではないかなどと勝手なことを思うのだった。ようするに、柴原工作は自分が調子にのってしまうのを防ぐことはできないでいた。じゅうぶんに体感できた震度三の地震にも気づかないほど調子にのっていた。売店でコカコーラを買って飲むほど調子にのっていた。体質に合わないようで柴原工作は滅多に炭酸飲料を飲まないのである。調子にのってはいけないと毛布で何重にもくるんだ輝く未来の予感も、暑さのせいかやたらと具体的な表情（やらしげな笑み）となって顔面に溢れ出ていた。いかんなあと思いながらも口元が弛緩してしまうのはどうしたものか。ばしばし顔面を平手打ちしてみるも、まるで引き締まらないのはどうしたものか。

　朝から絶好調とまでは言わないが、ずいぶんと調子がよかった。ささやかではあるがキラキラと輝く未来の手触りを感じていた。なにをもってそのような予感がしたのか、柴原工作にはわからないし具体的な根拠を求めようなどとも思わなかった。そっとしておこうと思った。うかれては、いけない。調子にのった自分は、失敗する。平常心でいこう平常心でいこうと心を静めた。捕らえた甲虫を虫かごに閉じ込めておくときのようなある種の残酷さにも似た思いで、久しぶりに到来したその不明確な吉兆の感触を何者の手にも触れられることのないようにと心のずっと奥のほうに仕舞い込もうとした。ふと、にやつく自分を叱咤《しった》しながら。「大丈夫さ。まかせておけ。おまえにはもったいないぐらいの、とっても素敵な女の子さ」という花嶋の言葉を反芻《はんすう》しては口をだらしなく開いてしまう自分を戒めながら。虫が宙を飛んでさ。剥き出しの膝に太陽の光が照りつけてさ。

　とっても素敵な女の子さ、とっても素敵な女の子、きっと素敵な女の子さと確信に近い思いで夢想する、まだ見ぬ素敵かどうかはわからない女の子に柴原工作はこれから会うことになっていた。友人の花嶋経由の女の子だった。正確には花嶋の恋人である清水咲の友人であった。どちらにしても柴原工作は花嶋を信用していたので間違いはないだろうと思った。とっても素敵な女の子さと言われて紹介された場合のほとんどにおいて、清々しいぐらいに正反対の素敵ではない女の子がやって来ることぐらいは覚悟している。実際にそのような経験を何度もしている。それでも確信していた。いつの日か、青春の光が射し込んでくることを。

プレビューどおりに期待どおりに素敵な女の子を紹介されたこともあるわけだが、その都度柴原工作は撃沈していた。もしもの場合に備えてそれなりの用意は怠らないようにと助言され、柴原工作は朝から精力ドリンク数本を空にし、さらにデート中にも隠れてぐいと飲み干した。それはもう明らかに、その他の解釈が成り立ちえないほどに、柴原工作の股間は見事に隆起していた。ズボンの布越しにも血管が浮かんで見えるぐらいに。その日一日のあいだ。ずっと。ちょっとトイレに、と言ったまま女の子は戻ってこなかった。そんな反省を活かして、ぼくは性交になんて興味はないね、相手にアピールしてみたこともある。そんなのは不潔だよ、さあこっちへおいで。汚らわしいよね、やだね。とことあるごとに過剰に反応していった。ピュアな交際を目指したのだが、やりすぎであった。結果。気持ち悪い。はっきり言われてその女の子とは終了した。やはり、それは男と女のラブゲーム。公式など通用しない。それ以来柴原工作はあまり考えるのはよそうと決めた。偽らずにいこう。ありのままで、いいじゃないか。それで駄目なら仕方がないさ。ただ調子にのらないようにネ。なんて思ってみてもやはり成果はあがらない。なにが悪いのか、さっぱりわからない。やってられねえ、もういいさ、犬の下で眠るもいいさ、うるへー、などとすてばちになってるところへ花嶋から電話があって柴原工作は上野で太陽の光を浴びている。約束の時間よりも一時間ほど早く到着してしまい、手持ち無沙汰で買ったコカコーラの炭酸が抜けた頃に花嶋ひとりが姿を現した。

「その短パンは変だよ」花嶋はそう切り出した。「バミューダ、とは言えないな。変。マラソンランナーみたいだぜ。自分で切ったのか?」

「うん。リサイクル」

「そいつはしょうがないとして、健康サンダルはないだろう。あと靴下、変。意気込みが空回りしているぜ。脱いで捨てろよ」

深く考えずに選んだ靴下は、ジャンボ尾崎が着るセーターのような柄であった。柴原工作はよくわからないまま反省し、頷いた。

「あと、おまえ小銭入れ持ってるだろ。あれもよくない。中身を出して後ろのポケットに入れておけよ。家に帰るまで使うな。ああそうだ、変なアイドルのブロマイドとかを財布に忍ばせてないだろうな」

変ではないのだが、そう思う柴原工作であったが口には出さなかった。「大丈夫」

「おまえは普通にしていればなんの問題もないんだから、わかったら早く脱いで早く捨てて。ほら、早く早く、あ、きた、早く」

うん、わかった、柴原工作は隠すようにして靴下を抱え込みゴミ箱へと走った。ゴミ箱にはゴミが山盛りになっていたので隙間に無理矢理靴下を押し込むとその圧力で外側に突き出ていたビニール袋からぴゅっ、変な液体が飛び出してぴちゃ、腕に付着してぎゃあ、柴原工作は叫んで近くのトイレへ駆け込んだ。ソースのようなぬめりを洗い落としながら柴原工作は華やかな予感が急速に萎《しぼ》んでいくのを感じた。浮き沈みが激しいのである。やはり駄目か、帰ろうかな、という思いが頭に浮かんだときに。

ここから箇条書きにして話をすすめていくのはどうだろう？　そんな目新しくもないスタイル。やらないけどね。つまんねーから。けど、辛いんだ。おれとしてはここで帰らせ

てやりたいとも思う。柴原工作の本能が正しいことをおれたちは知ってる。いいことなんて、なにもないことを。そうだろ？　では、今日までに獲得した「いいこと」を思い出し思い出して綴ってみてください。ほら、四百字詰め原稿用紙一枚を埋めつくすことができるかい？　辛いなら、やってられないなら、ここで（了）としてしまえばいいだけのこと。そして放物線を描き、屑籠。なんて。そんな気はまったくないのにね。わくわくしているのにね。嘘ばっかり言ってるんだね、このおれは。つづけよう、終末へのダンスを。

やはり駄目か、帰ろうかな、という思いが頭にうかんだときに、「なにをやっているんだ、早くこい」と花嶋がやって来て腕を引っ張った。

ぬーん。紹介された里崎薫子がとっても素敵な女の子であるとわかるやいなや、柴原工作の陰茎は少し固くなっていた。ジーンズ生地はこんなときに便利である。あまり目立たない。冷静に冷静にと気を静める。それでも、期待は膨脹する。ひいき目に見なくても花嶋の恋人よりもかわいいのではないかと思った。もちろん花嶋の恋人・清水咲も素敵だった。比較するのは難しかった。言うなれば、里崎薫子のかわいさは自分が必要としているかわいさだ、などと勝手に決めつけた。桃色キャミソールが眩しすぎる。君のためなら死ねる、いとも簡単にそこまで思い詰めることができた。しかし三カ月ほど前には里崎薫子をつれて来た清水咲に対して同じ思いを抱いた柴原工作であった。結局は、ぼくは身を引こう、あいつ（花嶋）には勝てねえ、あんないい奴（花嶋）はいいねえ、相手にされていないことに気づくことなく敗北宣言をし、自分のそんな英断を誇らしく思ったりもした。

「国立博物館にでも行ってみないか」花嶋がさりげなく言った。

柴原工作はなるほどねと思った。博物館ではちょうど「日本の仏像展」という特別展が催されていた。柴原工作は仏像に詳しいのである。そんなものに造詣が深くても、ちっとも素敵ではないのではないかという思いが脳裏をかすめることもなく、にやりとする柴原工作であった。花嶋の提案に反対する者もなく四人は上野の山を歩いていった。

並んで歩くと緊張して言葉が出なかった。出だしはいつもこうであるが、この日はより一層硬直していた。すごい鳩ー、薫子が言うと、ええ、鳩ですねといった返答しかできないでいた。でも薫子は笑った。嫌な笑い方ではないようだぞ、これは使える。緊張しつつも目敏《めざと》い柴原工作はつづけて言った。人もたくさんいます。木も、たくさん、などと遠い目をしながら。こんな状態のまま国立博物館に到着してしまったのだが、館内での柴原工作は上々の出来といえた。当節、入場料を支払ってまで仏像を鑑賞したいなどというのは少数派に属するようで館内に人影はまばらであった。眼球突き出して仏像に見入っているのは柴原工作ひとりであった。しばらくは四人ほとんど無言（約一名が時折、うーん、だの、ふーむ、などと口にする以外）であったが、花嶋に促されて柴原工作が陳列されている個々の仏像を簡単に説明していった。薫子は驚くほど熱心に耳を傾けてくれた。質問も的を射ていた。次第に緊張もほぐれていった。ふたりの距離も近づきはじめ、柴原工作はかなり得意気であった。気の利いた（？）ジョークをはさみこむなど、舌も滑らかになっていった。ひとつのネタを喋るたびに、冥利に尽きるなあと柴原工作が思うほど薫子は笑ってくれた。やだーなどと言いながら出し抜けに空手チョップをくり出す薫子がほんとうにほんとうにかわいらしいと思った。彼女の手刀がぼくの肩に、胸あたりに、彼女の皮膚とぼくの皮膚がさ、柴原工作は少なからず興奮していた。よしここはひとつ、柴原工作は展示プログラムをプレゼントしようとしたが、やめておけ彼女も困るからと花嶋に言われて別の機会に別の物をと決めた。

上昇気流はその後のゲームセンターにおいても衰えることはなかった。柴原工作はクレーンゲームが得意だった。もちろん、これからみんなでゲームセンターに行こうぜと自ら発言するほどの主体性は柴原工作にはない。そればかりか花嶋にいくつかの注意事項を言い渡されていた。時間は二十分以上三十分以内とする。格闘ゲームなどは禁止。常に彼女の存在を意識すること、等々。ぼくの格闘ゲームの強さは並みじゃないのに、と思うのだが柴原工作は素直に従った。そのおかげか順調にことはすすんだ。ぬいぐるみを取るたびに、すごいすごい工作君天才！　と連呼し右ジャブを連打する薫子の反応に柴原工作の鼻の穴は開きっぱなしだった。クレーンは重心を考慮に入れて降ろす位置を決めるのさ、と薫子にレクチャーもした。嗚呼、ウイニー・ザ・プーのぬいぐるみを抱きしめる彼女のなんという愛くるしさ！　今日という日が永遠につづいてくれるのなら！　柴原工作は実に満ち足りた思いでぬいぐるみを獲得していった。

幸せだよ。腹立たしくさえあるな。わかっていても憎らしい。花嶋という男はリアリティーに欠けるんじゃねーか？　おれの周囲にこんな男はいない。結局、手酌で冷や酒をあおっている。窓の外で犬が吠えている。それすらも罵倒として耳に届くのに、おれの言葉は虚しく宙を舞って宙を舞ってそして宙を舞って、それだけ。ああそうだ、この前、新聞の投書欄に投稿したんだ。採用されていたっけ。紙面の片隅に、おれの言葉が小さく慎ましく並んでいたっけ。誰か読んでくれたかな。そこで世界とつながっていたのかな。まったくのデタラメ、虚言のかぎりを尽くした投書で。花嶋はその投書のなかででっち上げた男がモデルになっている。「友人が残り物を材料にしてつくる餃子はとても素人のわざとは思えない出来で、わたしはよく食べさせてもらっているが、残り物も上手に利用……」要約すればそんな内容だ。おれは花嶋の真意を考えてはいない。餃子作りが得意ということ以外に奴のことは知らない。奴は柴原工作に負い目でもあるのか、ほんとうにいい奴なのか、打算があるのか。一応いくつか練り上げてみたけど、やめにした。純粋にいい奴、としておく。そのほうが楽しい結末になりそうじゃねえか？　なんてさ、腹黒くてもいい！　ねえ、誰かおれと素敵なカフェテラスでピュアな接続、してみないか？

ゲームセンターを出てアメ屋横丁を歩きながら「うだつが上がらない」の「うだつ」というのはね、などとくだらない雑学の知識を披露しては悦に入っている柴原工作に花嶋が別行動をとろうと声をかけてきた。もう少しいてくれよと目で哀願するも、花嶋は首を横に振ってメモ用紙をそっと手渡すと清水咲とともに行ってしまった。これからセックスするんじゃないだろうな、卑猥な想像をしていると腹部に最初の違和を感じたがすぐに治ったので変だなと思いながらたいして気にもせずふたりの後ろ姿を見つめながら結局、セックスか、そんなことを考える柴原工作。その視線に気づいたのか突然に花嶋がふり向いたので、我に返り柴原工作はメモ用紙を広げた。これからの行動についてのアドバイスがしたためてあった。カラオケ（アニメ・ソングの歌いすぎに注意）、ボーリング（上野にはないかもしれない）、映画（ピンクはNG）などが無難。素敵でもモデルガン・ショップはＮＧ。適当な時間になったら食事に誘うこと。柴原工作はボーリング未経験であった。映画にも興味はなかった。消去法で恐る恐るカラオケにでも行きましょうかと誘ってみると、薫子は行こう行こうと元気に応じてくれた。

閉ざされた空間で薫子とふたりきりになって柴原工作の陰茎がまた少し固くなったのはビデオで似たようなシチュエーションを観たからであった。紫色の絨毯が敷きつめられ、天井にはあまり反射しないミラーボールが吊り下げられた時代錯誤で無意味に広い室内を原色の光と光と光が交錯していた。そんなとってつけたような豪華な装いですらも柴原工作の気分を盛り上げるにはじゅうぶんであった。マイクは金色に鈍く光っていた。上野式なのかしら、柴原工作は思った。ソファーに座りくつろいだふうの薫子がなにか食べようと言うので柴原工作はピラフとビール（ほんとうはホット・ミルクがよかったのだがカッコ悪いと思ってやめた。というより、そんなものはメニューに含まれていなかった）を頼んだ。薫子はミートソースとジンジャーエールだった。

ふたりはおもむろに分厚い曲目インデックスのページをめくった。初対面の人とカラオケに来た場合に考えてしかるべきことはと言えば、まずなにを歌うかということである。とりわけ同伴者に悪い印象を与えてはならないときなどの第一曲目の選曲には注意を必要とする。女の子とふたりきりでカラオケに行くということがほとんどない柴原工作もそれぐらいは承知していた。ＣＭなどで使われているサビの部分がうろ覚えなぐらいで流行歌というものをまったく知らない柴原工作は迷った。花嶋メモには「アニメ・ソングの歌いすぎに注意」と書いてあった。なるほど過剰に歌わなければよいということか、それなら

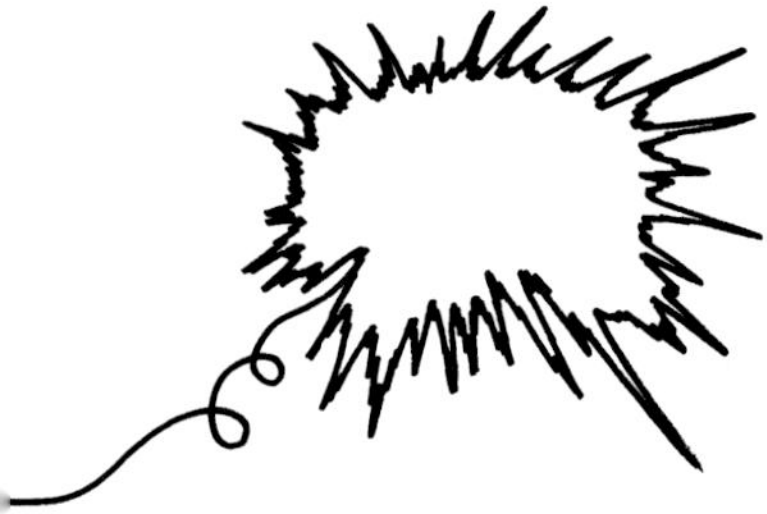

ば、いやしかし、でもよしここは、よし、逡巡して柴原工作が選んだ曲は杉良太郎の「君は人のために死ねるか」であった。

　四畳半の片隅、朽ちた本棚の上に杉良太郎直筆の色紙が飾られている。言うまでもなく自慢だね。入手の経緯を語ることは更なる自慢話に発展してしまうので作品の構成上省略せざるを得ないのだが、ほんとうは話したいんだ。そこをぐっとこらえて、色紙にはただ一文字「颪」の文字。色紙はずいぶんと変色してしまったけど、文字だけは色褪せないで神々しい輝きを保っていると思い込んでいるのはおれだけかな？　「颪」だよ。意味はわからない。さっぱりわからねーんだ。たった一文字、それがわからない。ねえ、君は人のために死ねるかい？　そう訊ねられたら、どう答える？　答えは、一言。「否」

　やや流したふうな目つきでマイクを置いた柴原工作に向かって薫子は、かっこいいかっこいい工作最高！　と拍手、脇腹に右ストレート三連発。なにを歌うかなどと思い悩んで決めた曲ではなく、自分が歌いたいと思った曲を素直に披露して嫌われたならそいつとは縁がなかっただけのことさ、よき結果が出てからそんなことを思う柴原工作は内心、ほっ。嗚呼やがてめぐり合うだろう、そんな女がいまここにいる！　ただ闇雲に追い求めていただけの、ぼやけて、輪郭が不鮮明な「やがて」がはっきりと目の前に姿を現した。存在は確認された。柴原工作は無愛想な店員が運んできたビールを一気に飲み干す。ビールがうまい。不思議とうまいや。いままで苦いだけであったものがうまいということはこれから世界が変わっていくのだろう、そんな予感到来。ミラーボール回転。吉兆は兆しではなくなっていた。恋のひとつやふたつ、くさるほどしてきた。恋を、するたびにいつもこ

んな気分になっていただろうか。離れたくない。離されたくない。今日はすべてがいい方向に、確かに向かっている。こんなチャンスは次にいつくるかわからない。もうこないかもしれない。またくるかもしれない。どうなんだろう。「恋は桃色」を歌う薫子を見つめ、視線が合うと照れながらほんの少し顔を背ける柴原工作（彼女いない歴・二十一年）は汗ばむ手のひらを握りしめ、鼻をつまんですねてるような日々は、もう、いやだな、そう思った。

「お酒、強いね」

「いやいや、そんなことないよ」そのとおり、弱いのである。それでも空になったグラスを不慣れな手つきで弄《もてあそ》び二杯目のビールを注文した。「夏はビールにかぎる」

　柴原工作の腹がごろごろぴと鳴ったのは小林旭の「ダイナマイトが百五十噸」を歌い終えたときであった。痛っ、あれっ、嘘っ、また？　くふっ。柴原工作は顔をしかめてマイクを置いた。またか痛いなと感じつつも実際の痛みはつづいて流れ出るメロディーが大瀧詠一の曲だと判断できるほどのものであった。薫子は「君は天然色」を歌う。柴原工作は放屁しそうになるのを必死になってくい止めようとしていたが、まさかスチャラカ喜劇ではアルマーニ、などと自分の白痴じみた駄洒落にほくそ笑む余裕がこの時点ではまだあった。目の前で薫子は歌いつづける。へへ、いつもと違うこの状況に腹まで驚いている、すぐに痛みはひいていくさ、なんの根拠もなしに思う柴原工作であったが事実、薫子が歌い終えるのと同時に痛みはなくなった。音響に反応しているのかしらん？　考えてみたが、よくわからない。とにかく刺激を与えないように注意しなければと思った。

「なんか古い曲ばっかりだね。最近のはよく知らなくて」

柴原工作は立ち上がり右手を挙げ、真顔で叫んだ。「第一回ナツメロ歌謡大会・イン・上野！　ぱちぱちぱち、どんどんどん、ぱふぱふぱふー」

おれが赤面したよ。恥ずかしさのあまり、殺してやろうかと思った。暑さのせいなんかじゃなく、ここで息の根を止めてやろうかと思った。鋭利な殺意は行き場を見失って天井の染みとなった。表の通りで下校途中の小学生が「カッコイイ！」って、言いやがった!!

きゃっきゃ、薫子が喜んでいると二杯目のビールが運ばれてきた。無言で立ち去る店員をドアの外でつかまえて柴原工作はトイレの場所を訊ねた。男性用修理中という非情な答えが簡潔に返ってきた。

「どれぐらいで使えるようになるの？」確認程度に柴原工作は訊いておいた。

もうちょっと、わからない。店員は冷酷に言った。

不吉な予感が飛来することはないものの、やばいかな、ほんのわずかだけの焦りを感じる柴原工作であったが部屋に入る前にひとつ、ばすっ、なんて放屁しておく冷静さがこの時点ではまだあった。

どうしたのと訊ねる薫子に柴原工作はいやちょっと、などと答えてさあ次はなにを歌おうかなあ、無意味に大きな声を出して威勢よくインデックスのページをめくったのは失敗であった。くぴー、間抜けな音がして三たび腹を締めつけるような痛みに襲われたのである。失策！　と思ったがどうやら放屁したわけではないことに気づき柴原工作は安堵した。匂いもしていない。それでも腹は痛い。やはり調子にのっていたのだろうか。見失っていたのだろうか。ページをめくり歌うべき曲を探すふりをしながら柴原工作はやや強めの痛みに耐えた。先に歌うねとマイクを握る薫子にだらしない笑顔で頷いて、屁なんてどうでもいい、いや、よくはないが、せっかく楽しんでいるのに、最低だ最低だ最低だ、よくわからないけれどもきっと最低に違いない。こんな大事なときにこんな大事な人のそばで、ぼくは最低だな。午後になってから三回。薄々勘づいてはいたが、腹をくだしたのは決定的であることを柴原工作はあらためて認めた。なぜコーラなんて飲んだ、ビールを一気に飲み干すなんて無茶を？　いつまでくり返すんだ、もうたくさんだ。アントニオ猪木が対戦相手に向けて見せる威嚇するような形相でこめかみから汗を流す柴原工作はそれでも深刻な状態には至っていない。ただ、こんなときに腹をくだした自分を不甲斐ないと思うだけであった。甲斐性なしでごめんなさい。が、すでに悲惨な運命は柴原工作の前方にちらりちらりと姿を現していた。柴原工作は自ら死期を早めていくのである。

　歌の合間に薫子が「暑いの？」と声をかけてきた。

　大げさにかぶりを振って柴原工作は「暑くない、寒いぐらい、あは、行こうぜ」と、わけのわからない応答をした。

　無限大の情熱。美しい汗。青春讃歌。かっこよくねぇ？　当世風のイントネーションでつぶやいてみたが、ぷっ、似合わねー。有効期限を過ぎた定期券を後生大事に持ち歩いている奴は誰だ?!　おれだ。あともう少しだけ、頼む、立ち止まって哀願する。醜態を晒《さら》しておれはすがるんだ。それにくらべて柴原工作はどうだ。実に若者だよな。失われつつある若者。それでもそうか希望を捨てないその姿が心の琴線に触れるのかと言われれば断じてそんなことはないと言い返す。不愉快な感じ、やな感じ、いや、もう一度、おれだって努力してみた～い。なんてさ、奴はもうすぐ絶望を感じるんだ。あらゆる望みが絶たれてしまうんだ。コーラとビールだけじゃ心配だから、奴には朝食に腐ったパンを食べさせておいたんだ。そんなきめ細かな気配り。おれは性格破綻者じゃない。単なる合理主義者どす。

ふたりは古いポップスやフォーク・ソングを交互に歌っていった。今度はじゃかすか音が鳴り響いているあいだに痛みがひいた。音響は関係ないようだと訂正したが、用心。柴原工作は力まないように、それでも決して弱々しくならないように、ぼくに異常はないすごく元気さ、と顕示するかのごとくに歌った。大丈夫。なんとかなるさ。してやるさ。すべては薫子である。この人楽しい、もう一度会いたいな、もっともっと楽しみたいな、そう思わせなければいけないぜ、最初が大事なんだぜ、という花嶋の言葉を思い出して柴原工作はここまでのいい感じの流れをぶち壊してしまわないように務めた。前例のない素晴らしい感触があった。手応えがあったのだ。男にはやらねばならぬときがある、そうだろ？　いまやらないで、いつやるというのだ、他の誰がやるというのだ、柴原工作は自分に言い聞かせた。若干のぎこちなさはあるものの精一杯の笑顔で柴原工作は薫子の歌に合わせて手拍子を打った。手のひらと手のひらを合わせるたびに下腹部に衝撃が走る。軽いジャブでも積み重なれば大きなダメージになる。それでも命を刻むがごとくに手拍子を打つ。かまうものか、いまだぜいまこの瞬間が大事なんだぜと熱くなる柴原工作。そうだぼくはがんばる。今日も明日もがんばる。実際、柴原工作はがんばったのである。

てめーはなぜ、がんばらねーんだ？　問われれば、おれは答えるしかない。報われる努力は一握りだからさ。おれは、いや、おれたちはそのことを知っている。知っているから努力しない。おれの罪は、なにもやらないこと。罰は？　結果、報われなかった努力、美しいと思うか？　さあね、それはこれから。とにかくおれは覆面料理長ではない。

もちろん、ただがんばるがんばるワッチメンと息巻いていたわけではなかった。具体的な対処法を思案した結果、痛みが和らいだときが大事だと柴原工作は結論した。いかにして平穏な状態を維持していくか、長く保つか、である。強い衝撃を与えないことに尽きるのだが時間の経過とともに弱い衝撃にも反応するようになってきた。とりあえず柴原工作は呼吸を乱さないように心掛けた。あ、きたっ、と感じても慌てず騒がず落ちついて対処する。歌っている最中に、ぐるるる、ときたらアドリブっぽく適当に道化のごとく、ららら－あるいはちゅるっちゅちゅーなどと口ずさんで鼻から空気を吸い込み波がひくのを待つようにした。この方法、意味はなかった。実際の効果はほとんどないわけだが、気分は楽になった。策をたてている、ということが柴原工作を楽にしていたのだ。

しばらくのあいだはそんなこんなで乗り切っていった。第一回ナツメロ歌謡大会・イン・上野も表面上は穏やかにすすんでいった。けれども腹部が快方へと向かう兆しはまったく現れてはこなかった。当然である。お腹にいいこと、なんにもしてないのだから。腹の内部ではジョージ川口がパンチのきいたドラムをかましているような状態であるにもかかわらず柴原工作は笑顔で、くっぴー、小首傾げてまるで意味不明の言葉を発しておどけ、お猿のごとく手拍子を打ち、顔色が悪くなるのを恐れて二杯目のビールを喉に押し込んでいた。自ら痛みと痛みの間隔を加速度的に狭めていくことで、がんばる柴原工作にも焦りの色が見え隠れしはじめた。不幸せな結末が右から左へと駆け抜けていくのを防ぐことはできなかった。ただただこのときが無事に過ぎてくれればいいのだけれど、そう最初が大事なんだぞということ、そういうこと、薫子に好印象を与えなければということ。そんな葛藤。夜になって別れるときには悲しいはずだから、朝になって目覚めたときには恋しいはずだから、大人になってウンコもらすときには望みなんてないはずだから、そんな確信があるから。不吉なことを考える一方で柴原工作はヒロイックな気分に酔ってもいた。店内のトイレが修理中なら店を出てどこか公衆トイレでも探して用を済ませばいいものを柴原工作は頑なに拒んだ。薫子ひとりをこんな部屋において外に出て用を足すなんて絶対にできっこないよ。また、こんな苦痛に耐える現状（ウンコしたいさ）、断崖に追い込まれたこの状況（ウンコもれそう）は自分に課せられた試練なのだ、これを突破しなければ薫子と一緒になる資格などないのだ、暴走気味によくわからない理屈を並べる柴原工作。

ノックにびくっと反応して痛みが走る。ドアが開き店員がミートソースを運んできた。柴原工作は店員に近づきもう一度訊ねた。「まだ、駄目なのかな？」

「駄目」店員は有無を言わさずに答えた。「ピラフもすぐ持てきます」

ピラフなんてどうでもいいからと思いながら柴原工作は問う。

「あの……」

「なに？」不機嫌に店員は答えた。

「下痢止めがあると、うれしいな」

「見てくる」そう言って店員は立ち去った。

あの店員はおれの不幸を楽しんでいるのではないか、あんな奴にすがるのは敗北ではないのか、いや、これは、よりよい明日のために（その1）だ。誰に対してでもなく自分に言い訳をする柴原工作の隣に歌い終えた薫子が勢いよく座った。ぼんよよよーん、尋常ではない衝撃に、いままでにない痛みに柴原工作は顔を歪ませた。「なんとかなるさ」という思いも軽く吹き飛んでしまいそうな痛みであった。

「次はどうする？」

「うーん」考えるふりをしながら剝き出しの太股を握りしめて柴原工作は耐え忍んだ。痛みの上に痛みが重なって、体内に停滞する。「うーん、落ちついた雰囲気の、うーん」

「歌って踊れるようなのが、いいな」

すー、柴原工作は血の気がひいていくのをリアルに感じ取った。薫子の発言のためか、腹部の緊張のためか、わからないがとにかく、勘弁しておくれ。歌って踊れるようなのは勘弁しておくれ。ムード歌謡にしておくれ。強力下痢止メ至急送レ。あのうしろ姿はMr.オクレ、なんてジョークを思いつく冷静さはもうなかった。

「それともデュエットにしようか」顔を上げて薫子が言った。

きみは正しい、ぼくにお腹にやさしい、そんなことを思いつつ柴原工作はゆっくり答えた。「いいよね。デュエットって、いいよ、ね。なにがある、の？」

ふたりは「銀座の恋の物語」を歌った。最悪の事態だけは回避できたわけだが、もちろん好転したわけでもない。表情に出たのだろうか、柴原工作は必死になって歌いながら思った。歌って踊れるのは勘弁しておくれ、そんなぼくの顔色を薫子は読み取ってしまったのだろうか。であるなら、そうであるなら。と、些細なことが気になり、駄目だ駄目だ駄目だ、それじゃ駄目なんだ！　まっすぐな心。まず誤魔化しはやめ！　らららー、ちゅるっちゅちゅちゅちゅーなんてやめ！　揺れながら、揺れながら、肛門に気を配りながら柴原工作は強い気持ちで歌った。強く強く、強く歌った。熱唱であった。首筋がつってしまうのではないかというぐらいに顔を強張らせて歌うべき曲でもないのだが、柴原工作はかまわず歌った。この時点で痛みと痛みのあいだの平穏な時間はほとんどなくなっていた。痛みは間断なく襲ってくる。腰が曲がりそうになると無理矢理背筋を伸ばして歌った。細かな泡が上昇していくような感覚に襲われながらも歌った。そう、熱唱は強引であった。奇跡は起きない。やはり一度くだした腹がどんな処置もなく正常な状態に戻る道理はなかった。柴原工作の熱い思いとは裏腹に、いや、熱い思いゆえに腹部はそのときへのカウントを確実に刻む。タイムリミットが迫っていた。

タオルを投入するにはいい頃合いだろうな。やられてもやられても、いくらやられても立ち上がるボクサーを見て、もうやめろよ、もう寝ちまえよ、と涙ながらに叫ぶことがあるが、ここで柴原工作に、もうやめろよ、もらしちまえよ、と涙ながらに叫ぶことはしたくない。奴自身が圧倒的な敗北を感じて二度と立ち上がれなくなるまで叩きつぶさなけりゃならねえ。なぜ？　くだらない空想で頭を満たすことなく、現実の道を歩かせるため？

必死であった。柴原工作は必死になって闘っていたが、どうしようもなく、ふと意識が遠のくようになった。薫子の歌声が耳に入ってこないときがあった。自分でもなにをしているのか、歌ってはいるのだが、よくわからなくなる瞬間がたびたび訪れた。肛門が弛緩してウンコもれちゃったどうしよう、一瞬のあいだにそんな夢を見た。背中を滑り落ちる汗の感覚で現実に引き戻されてすぐさま尻をさすりそうではないことに、もらしたわけではないことに気づき安堵するのだが、もはや柴原工作は心身ともに疲弊しきっていた。無理をした反動がきた。このままでは死にます。腹痛を抑えきれなくなった柴原工作は「蒲田行進曲」を歌う薫子に合わせておどけたようなふりをしてそろりそろりと部屋の隅に赴きゆっくりそっと肛門の緊張を解いた。どうにか無音で放屁することができた。一種の賭であった。誤ってべつのものを噴出してしまっては、終わりである。限界の兆候はそんなふうに表面化しはじめ、さらに、もう駄目だ、もはやこれまでと最期の瞬間が到来（それでもこないことを祈るのだが）してしまった場合、部屋から走り去ろう、最悪の結果に対して具体的な思考が芽生えだした。そう、逃亡は最後の手段だ。彼女の前でなければ、それでいい。そこだけは譲れない。無関係な、見知らぬ人間にならどのように思われても一向に平気だ。ねえウンコまみれのぼくを見なよ。笑いたければ笑うがいいさ。もう慣れた。いつだってそうさ、くり返すのさ。ほんの数秒前の決意が、そういえばずっと前にそんなことを思ったな、と感じられてしまうぐらいに過去のものとなって柴原工作は、ぼくはウンコをもらすのだろうか、そこからは逃れられないのだろうか、そう思った。

　柴原工作が最期の瞬間に備えてドアを背にして立ちながら、歌い終えた薫子に弱々しく拍手を送っていると、突然に扉が開き店員が入ってきた。きゃっ、びっくりした！　柴原工作は思わず大きな声を出してしまったのだがそれが幸いした。声を出したのと同時に、ぶっぱふー、わりと大きな音で心ならずも屁をかましてしまったのである。音楽が止まっていたので危ないところであったが、屁の音は柴原工作の声にかき消されて薫子の耳には届かなかった。ただひとり、遠い国からやってきた男だけが音を耳にし、臭気に気づいた。

「下痢止め、ないよ。わからないけど、確実ないけど、わたしのクスリ、よく効くクスリ持てきたよ。飲みなさい。ピラフもすぐ」店員は尻をさする柴原工作にそっとやさしく囁いた。「がんばる?」

うん、と頷いて柴原工作はカプセルを受け取り顔を隠すようにして、自分を見ている薫子に言った。「ピラフはもうすぐくる、みたいだ。はは、腹へった」

遅いよねえ、薫子が柴原工作の顔をのぞき込むようにして言った。

そうだね。柴原工作は握りしめた拳で、そっと涙を拭いた。それは後悔の涙であり、また純粋な声援に対する涙でもあった。逃げようと思って逃げたことなどないのだが、結局は「いつだってそうさ、くり返すのさ」といつも逃げていた。柴原工作は得体の知れないカプセルを噛み砕いた。効果があるかどうか、わからない。気休めで終わるかもしれないが、やれるだけのことは、やらないと。最期までそうしないと。あいつはいい奴だ、柴原工作は前言を撤回した。べつにトイレが修理中なのは彼の仕業ではないし、自分が腹をくだしたのにも彼にはどんな責任もない。あの中国人はいい奴だ。この世界にはいい奴が、1、2、3、三人もいて、赤、青、黄、輝きを放って美しく。

おれは微妙なズレを感じている。これまでも何度か感じながら、些細なことだと放っておいた。結果、誰の目にもとまらぬような亀裂から巨大なダムが崩壊していくような、そんな予感がおれを襲う。予感で終わってくれればいいのだが。

顔面歪曲腹部激痛肛門痙攣脳内真空状態ながらも柴原工作の陰茎は固くそして太くなっていた。マイクを握ることすら困難な末期的状況に追い込まれても柴原工作は負けない。今世紀最後のマイトガイ（で、ありたい）・柴原工作は敗北しない。なぜならいま、薫子と肩と肩を寄せ合っているのだから。次はなにを歌う？　高田渡？　などと言いながら分厚いインデックスを柴原工作の太股にのせて薫子は楽しそうにページをめくっているのだから。柴原工作の鼻孔に薫子の甘い……。

「ミートソース、冷めてしまうよ、食べたほうがいい、よ」と柴原工作は言った。

「工作のピラフがきたら食べる」薫子はそう答えた。

道ゆく女の子のどれだけが、こんな女の子なんだ？　すれ違っていった女の子のどれだけが。やはり自分は正しいと思った。ぼくは、薫子は圧倒的に正しい。総毛立つ体で柴原工作は踊ろうと思った。そうすべきだと思った。マイクを握りしめて歌った。溢れるたくさんの後悔。そして一筋の光明。ダンス。マーチ。ワン・ツー・パンチ。ミラーボールは回転して原色の光が行き交う。自らの口から放たれる「人生はワン・ツー・パンチ」そんな強烈なフレーズに鼓舞されて、柴原工作はフィーバーしていた。顔面いっぱいに彼岸の笑みをうかべて柴原工作はアジるように拳を突き出しては腰をまったりとくねらせて歌った。リモコンで曲コードを画面に送っている薫子の姿が、非現実的なものに見える。しかし、それだけであった。

それだけであった？　どういうことだよ。理解できないおれは窓の外で吠える犬に向かって、うるさい畜生死ね！　叫んで落ちつきを取り戻そうとしたけどあまり変わらない。けど、なにかが大きく変わろうとしている。うねりを感じる。不快な渦だ。おれは煙草に火を点けて、吸う、そして吐く。ゆっくりと吐く。意味もなく高笑いを試みたけど。

柴原工作は人間性を見失ったかのようにソファーの上で飛び跳ねた。ぴたっと止まってまた飛んだ。そして見た！　見やがった！　奴は時空を超えておれの目をじっと見ている。おれは見られている。おれと柴原工作は睨み合い、対峙した。いまにも奴はおれの首を絞めるのではないか、そんな勢いに、殺すしかない、そう思った。薫子は美空ひばりの「お祭りマンボ」を歌っていた。おれと奴は長い時間（おれにはそう感じられた）動かずに互いの目をじっと見据えていた。奴の目には強烈な意志が張りついていた。断固たる決意が漲《みなぎ》っていた！　先に動いたのは奴だった。柴原工作はおれから目を逸らし薫子に目をやった。ふたりの目が合った。おれはどうすることもできずに、ただ、傍観するしかなかった。薫子は陽気に歌っていた。薫子が手を伸ばすので柴原工作はソファーから飛び降りて薫子の手を握った。手と手を取り合う？　こんな奴（必死でウンコを我慢している）ですよ？　おかしくねーか？　柴原工作は薫子とともに、わっしょいわっしょい、開放的に歌い踊っていやがる。キリキリキリキリと永遠につづいていくような痛みがつづいてるはずなんだ。時間の問題なんだ。下腹部の緊張はピークに達しているはずなんだ。それなのにタイムリミットはやってこない。いま、柴原工作の精神と肉体はせめぎ合い、互いに一歩も譲ろうとはしなかった。柴原工作は思い出したかのように苦痛に顔を歪ませるが、すぐさま修正する。じりじりと、少しずつ、柴原工作の意志が、魂が腹痛を凌駕していくようにおれには見えたがどうだろう。奴はどすのきいた声で、わっしょいわっしょい。右の握り拳を高々と掲げて、わっしょい。それも笑顔で。それだけは忘れないで。そーれそれそれお祭りだ。お祭りだ。お祭りだ。メロディーが止まり、一瞬の静寂。

おならぷー。

放屁したのはこのおれだ。ぶはっ、くさい。ひとり、くさい。あ、ふたりは言葉を交わしながら、ドアを開けてどこかへ行っちまった。ふたり、手をつないで、行っちゃった。

おれはひとり取り残された。相変わらずひとりで日本酒を飲んでいる。ピラフを肴に飲んでいる。ちぇっ、やってられねえな。予感が的中したようだ。本来なら、工作は薫子の面前でウンコをもらすという醜態を晒して自暴自棄になって酔いどれて……よそう。こんなはずではなかったのに、昨日も一昨日もおれは同じことを言った。おれたちは結果から逃れることはできない。そうだろ？　工作の悲惨な末路を描写して自己正当化を図るという目論見も見事不発に終わってしまった。いや、違うなにかを得ようとしていたのかもしれない。ふり返れば数カ月、春から夏そして秋の気配を感じる今日この頃まで、おれはなにをしていたのだろう。あわてふためく日々の頑丈さにまたあわてふためいて万年筆をふりかざし闘争の日々？　数カ月のあいだによく思ったんだ。いまのおれって、がむしゃら？　そんな思いにとらわれたんだ。日本酒を飲んで煙草を吸って『キテレツ大百科』で爆笑して、それでも生きていると思った。結果、報われる努力は一握りです。身をもって確認しちゃった、そんな結末？　だとするなら、灰塵と化した日々は美しいか？　そんな日々は輝いているか？　キラキラか？　キラキラなのか？　否！　それは違う。この手は勝利そして敗北すらも摑み取ることができなかったのだから。おれは、ほんとうのことなど、なにひとつとして語ろうとはしなかったのだから。すべては虚構のなかへ吸い込まれ、行き場を見失って永遠にさまよいつづけるだけだ。柴原工作はこれからどこへ向かうのだろう？　電車とかに乗って牧場へでも行くのだろうか、薫子とふたりで。ベランダに植木鉢でも置くのだろうか、薫子のために。Tシャツでも洗うのだろうか、明日のために。ふたりがどこへでも行けるのなら、気がふれても歩いていけるのなら、ふたりが、ふたりきりの世界で踊っていけるのなら今度はこのおれだって、たとえばそんな世迷い言をつぶやいて、火の元よし、ハンカチよし、財布よし、戸締りよしなんて指さし確認しているおれがいたとしたら、そこのおまえはそれでも冷やかに、笑っちまうんだろ？

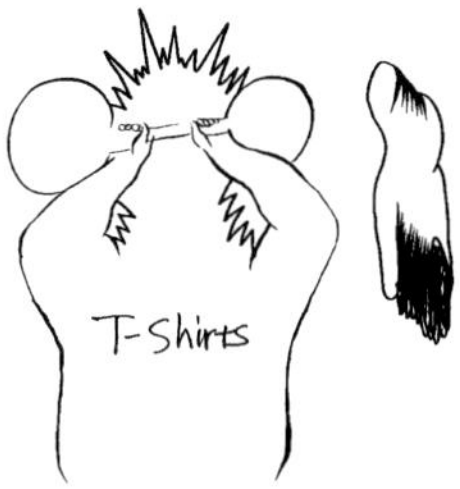
T-Shirts

マシュマロハイキング

大塚修正はTシャツを選ぶのに時間を惜しむようなことはしない。赤、青、緑に黄色に白、あるいはオレンジ？　どれにするかと悩む彼の背中、とても楽しそうではないか。紀州みかんの段ボール箱に折り目正しく色別に重ねられているTシャツから着るべき一枚を選ぶ時間となり、十数種類をずらり並べて考えていた大塚修正は赤に不快感をおぼえた。二日続けて青は避けたい。緑に飽和状態の兆しを見てとり、黄色は一昨日に着た記憶が確かにあるのだった。残るは白とオレンジになるわけだが、さて。大塚修正は気乗りしない表情で白に首を通しておいて、いや、何かが違う、などと子細らしく呟きすぐに脱ぐと残るひとつのオレンジを頭上に掲げてみた。ひらめくものがあった、これだと思ったこれしかない、なんて。意味不明の理屈をこねて消去法で絞り込んだふりをしてみたが、実は最初からオレンジに決めていた。問答無用で、ひとり街をふらつき購入したオレンジに決めていた。即決さ。しかし買ったばかりの服（古着）をおろす時の気恥ずかしさ！　うむ、今日はやはりこれで、などとストレートにはいけないものだろう。もっと揺るぎない断固とした理由が欲しいところなのだが、まあいい、サーフィンに興じる若者を写実的にあしらったオレンジ色のTシャツ、その買ったばかりのTシャツがまたしても小さい。

何故か大塚修正はワン・サイズ小さいTシャツを買ってしまう。何故か、ぴっちぴちのTシャツを買ってまうの。いや、そこに不思議なんてなかった。敢えて大塚自身が小さめのを選んで購入しているのだから当然のことではあった。あったのだが、大塚修正が描く「選び取ったTシャツを着ている想像上の自分」と「実際に着てみた自分」の姿とのあからさまな相違といったら！　ため息を漏らすのもやむを得まい。いやまてこんなはずじゃない、嗚呼こんなはずではなかったもっと素敵になったはず、といつも思う。上着やズボンなどの場合は試着ができるので見当違いのものを買ってしまうことはない。Tシャツにかぎったことである。微妙な差なのだが、その微妙な差によって胸から腋《わき》にかけてキュッと引き締まったりして落ちつかないことになってしまう。今回もそのようになった。

だからといって、いつもいつも大塚修正が買うTシャツが小さいというわけでもなかった。大塚修正が過ちを犯すのはたいてい、いや必ず、ひとりで買いにいった場合にかぎられていた。つまり買い物時に同伴者がいる場合においては適正サイズを購入しているのである。どうだ、これはなかなか素敵だろう？　意気揚々と自ら選択した衣服を体に合わせる際に冷静な判断を下せる者がいるのならば幸いだ。同伴者のアドバイス（あるいは苦言）はカラー、デザイン等に対しても及ぶことが多々あるのだが、そんな時、大塚修正は素直に（時に渋々）従う。しかし、ひとりで洋品店に出向くとなるとそうはいかない。大塚修正はアドバイザー不在のために歯止めがきかなくなり、なに、これは大丈夫さ、などとささやかな暴走（デザインにおいても）をしてしまうのである。ほらほら見て見てよく見てごらんなさい。背中にかなり大きくアローハのポーズを模したデザインが施されているところを見ると、どうやら今回も、そのようになったのではないかしら。

ちょっぴり（客観的に見ると、かなり）きつめのTシャツにため息を漏らし、今日はべつのやつにするかと考えもしたのだが、やはりこいつしかないのだった。こんな日だからこそ新しい自分を、彼女に世間に道ゆく見知らぬ老若男女に見せつけてやりたいのだ。何ひとつとして変わっていないかもしれない（実際、変わってない）、けれども着ているT

シャツだけは、ほらね、新しいの（古着）だぜ、そんな気分で大塚修正は体重計にのった。変化はなかった。このところはベストな体重を維持している。鏡の前でVサインをしてみた。外見にも変化はなかった。バナナを二本にリンゴを二個食べて、濃いコーヒーを二杯飲みながら新聞を丹念に二回読んだ。世界の仕組みの一部を理解したつもりになってさてさて他にすることはないだろうかと思案した結果、腕立て伏せと腹筋、スクワットを二回ずつやってやめた。占いを信じるのであれば、今日の射手座のラッキーナンバーは2、ラッキーカラーはオレンジ。歯茎が痛いのは歯を二回磨いてみたからである。

　腕時計を見ると9時51分。CDコンポのディスプレイは9時49分。117では9時46分となっていた。大塚修正はもう一度プッシュホンを押した。十秒ほど、時が流れた。彼女とは13時頃に駅で落ち合うことになっていた。日中とはいえ魑魅魍魎《ちみもうりょう》が蠢《うごめ》く駅前においてひとり彼女、そう、奈々子さんを一分でも一秒でも待たせる、なんてことだけはしたくないらしい。11時ぐらいのバスに乗れば、充分すぎるほど先に着いて奈々子さんを出迎えることができるはず。綿密にたてた計画どおりにことが進めば問題はないはずだ、ぐび、大塚修正は思いながら生唾を飲み込み紅茶をいれて飲んだ。朝は余裕があるにかぎる。無理してもう一杯飲んだ。こんなふうにやたらと喉が乾く朝は調子がいいと決まっていて、たとえ喉が乾いていない朝であってもそれとは関係なしに調子のいい日というのは存在している、ということであればこの八月二十三日も素晴らしいのだが、と、大塚修正は思った。

八月二十三日といえば奈々子さんの誕生日であった。奈々子さんはのどがかわいた朝に

はかならずアイスクリームをたべていた。かわいていない朝にもたべていて、つまりほとんどの朝、奈々子さんはアイスクリームをたべていたのだ。スプーン二杯分ほどを小皿にとりだしているときの奈々子さんはとても上きげんで、おだやかな風がカーテンをゆらすまっしろなへや、コーヒーをのみながらその表情をみていると朝からゆるくなったものであった。にちようびはとくにゆるくなった。天気がよければ目的もなく外にでた。奈々子さんはいつもせいいっぱいの歩幅であるいた。そのとなりであるいていると大塚修正は、目的のなかったさんぽにたしかな目的があるかのようにおもうのだった。市境線にあたるほそい川ぞいの道をあるいていくと左手に小学校がある。フェンスにそってメタセコイアの樹がたちならぶ。奈々子さんはどんどんどんどん、すすんでゆく。ちからづよくすすんでゆく。ふいに大塚修正は笑みをこぼす。あるく。ゆっくりたしかにあるく。そんな日々が、かつて、たしかにあった。

　バスが来るまでの暇つぶしに大塚修正は近くのコンビニエンスストアに入った。開店したばかりであるにもかかわらず淀んでいた。うまく回転できていないようだ。オープン直後によく見られる、さあ店員一丸となってがんばろう、そんな意気込みは微塵も感じられない。レジでは主婦らしい二十代後半の店員が、通っている英会話教室のカナダ人講師と交わしたピロートークの話題で盛り上がっているという体たらく。商品はやたらと不足していて棚はすかすか、ペットボトルや缶なんぞは売れたぶんのスペースがそのままになっている。持て余し気味の広い駐車場がとても悲しい。コンビニエンスストアの駐車場といえば若者たちの社交場になるはずなのだが週末の夕方・深夜ですらひっそりしてる。虫でさえも寄りつかないのではないか。きっと店長がいけない。はっきり言ってサービス業には無理がある風貌の店長はいつも困っていた。困ったような顔をして効率の悪い動作ばかりしていた。札の数え方がまどろっこしくて釣り銭の渡し方も相当ひどい。街に本屋だとか花屋、カラオケボックスなどを所有している大地主が新たに手をのばして始めた店らしいが、とりあえず店長を変えないとそう長くはあるまい。開店前には思いもよらなかったであろう、現実としての荒れ放題になった雑誌棚を見ながら大塚修正はそんな余計なことを考えていた。成年男性向けのグラビア雑誌が『ひよこクラブ』だの『たまごクラブ』なだと並んで陳列されていてとってもアナーキー。お目当ての雑誌を探すのもひと苦労であった。「本日発売」となっていたから、あるはずなのだが、ないみたい。大塚修正はあきらめて線香とかバンドエイドなどを意味なく手に取った。折り紙に綿棒、野菜、強い日差し遮るサングラスなんかもある。コンビニエンスストアでサングラスを買うひとがはたしているのだろうかと懸念してしまうのだが、いるのだろう。実在するからこそ、販売しているのだろう。フィンガー5のアキラが着用していたような大きめのサングラスをかけてみると、おもしろくて、とてもとってもおかしくて、きゃは、似合わなくてよかった。ひとりにやにや笑いながら満足げにサングラスの値札を見ていると、レジにいる店員の押し殺したような笑い声が微かに大塚修正の耳に届いた。あのサングラス買うのかしらん。ひそひそ。どうやら、ぷ、そうらしいわ。ひそひそ。こそこそひそひそ。完全に誤解されていた。ただ、おもしろみを求めてみただけなのに。ただそれだけのことなのに。いいと思ってかけたわけではないのにね！

気まずい思いをして買ったサイダーを飲み終えた頃にバスは来た。車内は五割ほどの乗車率で殆どの乗客が目を閉じて、眠っているのか深く思索をめぐらせているのかはたまた遠き追憶にでもひたっているのかしていて、厳かな儀式でも始まるかのような静けさの中、黒いスーツの上着を脱いだワイシャツ姿にTシャツの柄であろうカート・コバーンの陰鬱な顔がうっすらと透けて見えてしまっている男の後ろ、バス後方の左窓側に大塚修正は座った。大塚修正はバスやタクシー、新幹線などの匂いが苦手であった。それはべつにくさいというわけではない。ソフトな胃カメラを喉に通しているような感じだ。通したことはないのだがそんな感じだ。これらの乗り物には独特の臭気がある。座席のシートの匂いなのだろうが、もしかすると精神的なものかもしれない。とにかくおえっとなるわけだがそれは耐えられないほどではなく、しばらくすれば気にならなくなるという程度のことで実際すぐに忘れた。また、大塚修正には席が窮屈であった。タイヤ上の出っ張った座席に座ったならば体育座りみたいな姿勢を強制されてしまう。どうして普通列車みたいな座席ではなく分割して縦に並べるのだろうか。答えは、流れ続いていく風景を見やるため？（うん、悪くない。でも）悲しくなるだけなのにそれでも頬づえついてぼんやり車窓を眺めるのは他にするべきことがないからさ。ふり向いてみても、そこにはあの子の姿なんてありゃしないんだぜ、わかってる、窓枠のステンレスに「リキシーマンそいつはウルフマン」と落書きがしてあって、力士マン？　指で擦ってみると呆気ないほど簡単に消えてしまったんだ。

こめかみを揉みながら大塚修正が来月中旬に発売されるPC専用ソフト『星屑しるえっと2』（税抜き四八〇〇円）を購入するにはどの出費を抑えればいいのかという算段をしていると、前に座っていた男が座席と窓枠の隙間から顔をのぞかせ、密談でも交わすかのように声を殺して話しかけてきた。「このバス停まで、どのくらいですかね？」結婚式にでも出席するのか、カート・コバーンTシャツの男は白いネクタイを締めていた。ふうむ結婚式かめでたいなと、男の白いネクタイに吉兆のしるしを見てとり隙間から差し出された紙切れに目をやると知らないバス停が汚い字で書かれていた。大塚修正はささやき返した。「わからないな。路線図を見て確認したほうがいいと思う」「そうなんです。さっき見たんですけど載ってないんです」「そう」「不可思議です」眉をひそめる男に対し、さりげなくTシャツの襟首をつまみ新しさを誇示してみたりして大塚修正は答えた。「確かに不可思議だね。でも、こう考えてみたらどうだろう、きみが乗るべきバスを間違えた……」「なーる」大塚修正の所作には無反応のままカート・コバーンTシャツの男、いや、白ネクタイの男は阿呆づらでそう言った。

プールにでも行くらしい数人の子供たちが揃いもそろって額に水中メガネを装着して乗り込んできた。席に着くなり浮輪を膨らませ始める子供もいて、鰐《わに》やら海豚《いるか》が徐々にその形をあらわにしていく。意味もなく厳かであった車内の空気が引き裂かれた。うん、いいね、大塚修正は思った。背泳ぎならまかせてほしいんだ、照りつける太陽に顔をしかめながら浮きつづけるのは意外と難しい、呼吸法が肝要なんだよね、いいかい、などと、ひとりまくしたてていたのは、まわりにモンゴルと呼ばれていた子供だった。他の子らはあまり聞いてなかった。こんな時はどうしたらいいのでしょうか？

　何を言ってるのかわからん、そんな表情を大塚修正は白ネクタイの男に返した。「今すぐ降りたほうがいいんすかね、こんなところで降りてもしょうがないような気もしますけど」白ネクタイの男は言うなり怪訝な顔つきで周囲を見まわした。「何やら、おかしなスメルが」確かに変な匂いがした。タクシー云々のやつではなく、ツンとしたスメル。発生源はなんだろうと、つられて大塚修正がぐるり見てみると、白ネクタイの斜め前に怪しい若者がひとりいた。B級映画に出てくるような人喰い巨大昆虫のごとくに履き古されたローファーを脱いで片足を通路側に投げ出している開襟シャツ姿の高校男子がそれだ。他にこれといった原因も見当たらなかった。「きっと、あいつだな」「まず間違いないでしょうね」白ネクタイも同意してささやいた。「ちょっと、懲らしめてやりましょう」「え、よしなさいよ」と、まるでビートきよしみたいな口調で大塚修正が止めるのも聞かずに白ネクタイは高校男子に近づいていった。

　大塚修正は白ネクタイが高校男子の足を指して一方的に言葉を発するのをはらはらしながら傍観してた。白ネクタイは高校男子が何か言おうとするのを遮って更にまくしたてたかと思うと片膝つき、かぶりつくのが困難そうな巨大なクラブサンドでも食べるように高校男子の足を摑んで鼻孔に近づけた。るぅ。そんな声を出して白ネクタイは顔を背けるとわざとらしく頭を揺すり、悪態をつき、高校男子の足をひん曲げて本人に無理矢理嗅がせようした。わかったわかったと高校男子が靴を履こうとするのを制し白ネクタイは迫った。嗅げよ、嗅いでみろったら、ほら、やれってばさ……などと言いながら迫り続けた。

わかりました、と高校男子は目を閉じて靴を鼻にやると、泣いているような笑っているような表情になった。すると白ネクタイは態度を豹変させて慈悲深い表情となり、いいのさ、高校男子の肩にそっと触れた。ふたりは何故か堅い握手を交わし、高校男子は踵《かかと》を踏んづけて靴を履いた。他の乗客の視線を受けながら白ネクタイは席に戻ってきた。「やっぱりあいつでした。まあ、悪い奴ではないようですけど」「ひやひやしたよ」なんて言いながら大塚修正は馬鹿みたいに目を大げさに開いた。

アナウンス・テープがバス停名を告げると、水中メガネの子供たちが争って降車ブザーを押した。あらかじめわかっていたかのように静かにバスは停まり、子供たちと入れ替わりに数人が乗ってきた。大塚修正は我先にと降りていった子供たちを見ていた。同様にプールに行くのであろう他の集団を追い越し追い抜かれ、ひとつの方向へと向かっていく真夏の子供たちに視線を送りながら大塚修正は待ち合わせ場所である東森沢駅周辺にある喫茶店を思いつくまま頭の中で列挙し始めた。ひとつしかなかった。その、たったひとつである〈喫茶エレクトーン〉は八十年代の甘酸っぱい残り香が店全体に漂っていて、それはあまり関係ないのだが、はたして喫茶店という呼称を与えてよいものか判断に迷うような店であった。「イタメシありマス」といった張り紙やマニアックな（というか誰も知らない）力士との記念写真にサイン色紙、『PS元気です、俊平』全巻などが油とヤニで変色し、メニューに載っている品といえばクレープだのお好み焼きだの安倍川餅といった支離滅裂なもので、時の流れとともに蓄積されていった不純物のみで構成されている、そんな有り様であった。ひとり店を切り盛りしている店主のすれた中年女は客が少なかろうが多かろうがいつも風水やオカルトの本を読み今日もボール紙でつくったピラミッドを頭にのせてアルファー波をつくりだそうとしているかもしれなくて正直そんな店で語らいのひとときなんてうんざりなのだがしかし処置なし。

市役所正面でバスが停まった。おばあさんがひとり降りて、同じようなおばあさんがふたりとカメラ片手に頭にバンダナを巻いた男が乗ってきた。バスは少し進んで、赤信号でまたすぐに停まった。「ああ事故ですかねえ」と、たいして興味もなさそうに窓の外を見ながら白ネクタイが言った。ガードレールがぐにゃりと歪み、そこに花とカップ酒が添えられていた。あの花、おれは知っているよ。大塚修正はその名前を頭に思い浮かべようとしたが、思い出せなかった。確かに知っているはずなのだが。はて。大塚修正は白ネクタイに訊こうかどうか考えたがたいした努力もせずに、ああ名前が出てこないやといって簡単に答えを訊ねてしまうのは、どうもくやしい、それはいけない、敗北宣言をしてしまうような気がする、ほんの少し思ったのだが結局声をかけた。

「ああ、あれですか。うん」と白ネクタイは花のほうをじっと見つめた挙げ句に、知りませんねと答えた。いかにも知ってそうな口調だったので大塚修正はのけぞった。「知らないの」「あの花がどうかしましたか?」「いや、知ってるはずなんだけど名前が出てこないから、どうにかしたいだけさ」「わかります。たとえば《江尻五郎》という芸能人がいるとします。そいつが出演していたドラマとかバラエティー番組のシーンは部分的に思い出せる。くだらないギャグとか台詞とか表情もはっきり浮かんでる。手を伸ばせば届くようなところにいる。だけど名前は出てこない。どうしても《江尻五郎》は出てこない。なんだっけ？　なんだっけ？　ここまで来てるのに」と、白ネクタイは喉仏を指した。「眠れなくなるんすよ」

大塚修正が花の像を克明に頭に焼き付けていると無情にもバスは走り出し、カップ酒と共に花が視界から消えた。どうにか頭に残った。あともう少しで思い出せそうな予感があった。白ネクタイではないが喉まで来ているのだ。ひらひら舞う花びらを宙で摑もうとするがうまくいかない、そんなもどかしさ？

「り」とか「ら」がつく名前であったような気がする。「れ」だったか。とにかく「ら行」に間違いない。などともたついてるうちに微かに焼き付けた花の像は鮮明さを失っていく。輪郭がぼやけていく。ぼやけるにつれて、傍らのカップ酒だけがやたらと鮮明に思い浮かぶ。意識すればするほどカップが浮かんでくる。たとえばある日突然に奈々子さんの名前を思い出せなくなるなんてことがあるだろうか、大塚修正は思った。その逆はどうだろうか。名前はおぼえているのに顔が出てこない。奈々子さんの笑顔やツンと澄ましたような表情、寝起きの顔、といったものが忘却の彼方へと飛び去ってしまう、そんな瞬間が訪れたりするのであろうか。どうでもいい奴の顔ばかりが浮かんできて奈々子さんの顔は青白いヴェールで覆われて未開封のガラスのカップに青いラベルは透明の液体でアルコール。日本酒。

去年の夏のあの日、ちょっとネギをかってきます、とメモをのこして奈々子さんはいなくなった。この一年のあいだ、彼女がどこでなにをしていたのか、大塚修正はしらない。

ただすべきなのか、ただすべきではないのか、このいまもわからない。すべてが白日のもとにさらけだされたときにすべてがおわってしまいそうで、わからないのならわからないままに、こたえがないならないままで、たとえそれがいつわりの現実だとしてもそれはそれでおだやかな日々をまたふたりきりですごすことができるとして、そのなかでひとつだけたしかなことがあるとしたら、それは奈々子さんはネギをもとめてきえたわけではない、ということなのだろうか？

道が混み始めてバスは停まりがちになった。そろそろ駅に着いてもいいはずの時間（約束の一時間半前！）なのだが、未だバスの中。前進を忘れたバスには無関心なのか、時間は残酷に進んでいく。どれぐらい来たのだろうかと外を見てもよくわからない。しかし時間は充分にあった。このような事態を予測してしかるべき対策を、つまりは馬鹿みたく早い時間に大塚修正は家を出たのだ。女子高生の自転車群がバスを追い抜いていった。剣道部だ、剣道部に違いない、走り去っていく女子高生の袴姿を思い描くと大塚修正は窓の外へと向けていた意識を窓そのものに移した。ガラスの汚れが目についた。頭髪のポマードか何かであろうべとりと油のようなものが窓に付着して、葉脈のような髪の毛の跡と、その上に重なるようにべつのきめ細かな皮膚らしき跡が押しつけられていた。とにかくこれは汚いよね、思いながら大塚修正はふたたび外の景色に目をやったが、そこには今までとは違う世界がひろがり始めた。一度意識してしまうと外の景色と汚れが重なって見えてしまう。きれいな箇所はと、ようく見てみる、ちゃんと見てみる。見ると埃や雨の跡などでガラス全体はかなり確実に汚くて、べとついた向こうでは風景がもたつき、それは夏が終わりかねない緩やかさであった。霊園や住宅展示場、ぱっとしない遊園地、総合病院に工務店、エトセトラ、窓枠の上の広告を眺めていると《エジリ・ゴロウ》という文字が大塚修正の頭に浮かんだ。名前はおぼえているのに顔はまったく思い出せない。何枚も重ねた曇りガラスの向こうにいるような《エジリ・ゴロウ》の顔。そんな名前の芸能人はいない（どこのどんな世界においても！）から思い浮かぶわけがなかった。そうだよ、と大塚修正は思わず苦笑した。ああ、今おれは「苦笑」というやつをしている。「苦笑している自分」を客観的に眺めて大塚修正はまた苦笑した。さらに「苦笑している自分を客観的に眺めて苦笑している」自分を客観的に眺めて、大塚修正は苦笑した……。新鮮な気持ちで苦笑を続けた大塚修正は極めて自然に窓ガラスへ頬を委ねた。顔色が変わった。プールに向かう子供たちを眺めながら、大塚修正は左頬を思い切り窓ガラスに委ねていた。そうかそうなんだ、ふうん、おれの頬拓だったんだね。咄嗟に手で頬を拭った。しまった意味ねえ！　ハンケチ、ハンケチ、忘れた！　というより大塚修正は常日頃からハンカチなど所持してなかった。自分の頬のあたりに頭髪のポマードということはそうか自分よりも少し背が低い奴ってことなんだろうね、よし。冷静に意味のない分析をしながら大塚修正が手のひらをズボンで拭き頬をTシャツ（かなり小さめ）で拭いているとバスは停車し、ほとんどの乗客が降りていった。おや？　ここで左折するのではなかったかしら？　大塚修正はちらり思った。

「いつもこうなんですか？」白ネクタイが身を乗り出しふり返った。「どうかなあ」大塚修正は言ってTシャツ（乳首の位置がばれてしまうぐらいきつめ）の匂いを嗅いだ。微妙にくさかった。「いつも乗ってるわけでもないからよくわからないんだけど、バスって基本的にこんなものなんじゃないの？」「まいったな、普通に遅刻だ」「大変だな」「ええ。ところで、あなたは何をしてるひとですか？」「え、いやに唐突だな」「いやね、何かどこかで会ったことがあるような気がするんですよ」と言って白ネクタイは大塚修正をじっと見つめた。「つい最近にも会ったような気が……」と言われても大塚修正には思い当たる節はまったくなかった。「勘違いさ。で、きみはどこまで乗っていく気？」「そうなんですよね。それが問題なんです。このバスはどこ行きでしたっけ？」「東森沢駅前行き」「東ですか」「東だね」「あと、どのくらいで着きますかね？」「順調にいけば、十五分ぐらいのような気がするんだけど、どうにも見知った感じがしない道のようにも見えて何とも言えないな。先方に電話しておけば？」「なるへそ」と言って白ネクタイは携帯を取り出し電話をし始めた。大塚修正は考えた。一寸先は闇、余裕をもって出たにもかかわらず仮に遅刻したとして、転ばぬ先の杖、バスの遅延は不可抗力であるから言い訳などする必要もないが、災い転じて福となるんです、そこで流れるように自然に笑いの種を蒔くことができればぎこちないものとなるであろう対面時の緊張をほぐすことができるというわけだ。とかなんとか、ひとり待つことになるかもしれない彼女の心を和らげるのに理由なんてそんなものはいらないってこと。たったひとりは辛いってこと。やさしさ。たぶんそれだけのことさ。使わないに越したことはないのだが大塚修正は3パターン考えた。

①　突然バスの前方に力士が立ち塞がったら、きみだって驚くだろう？　どすこいっ

て、力士がバスをとめてしまったらさ。信じられないよ！　しかも力士がその場で鉄砲稽古を始めるなんて！　何もこんなところで稽古をする必要もないだろう？　ジェット機を飛ばすのに大鷲を引っ張りだす必要がないようにね。なのに彼はしたものさ。わかるもんか、とにかくもの凄いパワーでバスは大きく揺れてさ、ぼくの入れ歯が、ぱか、外れたっていうわけ。げらげらげら。ああ喉が乾いた。あすこの喫茶店にでも入るってのはどうだい？

②　実際おかしな話なんですけど、ぼくの斜め前に座ってたひとが突然、「う、産まれるわあ」と悶え始めたんです。正直なところぼくは、どうすればいいかわかりませんでした。こういうとき男は駄目です。それにくらべて、すぐ近くにいたおばさんの反応は素早かった。素早かった。すぐにバスを停車させて、適切な処置をとっていました。とにかくバスは緊急停車。運転手も、わたしにできることは？　なんて、おろおろ声で言いまして、乗客のみんながみんな、なんとかしようとしたんです。したのですけど、おいおいおいよく見たら陣痛を起こしてるひと、男だぜ。なんじゃそりゃ!?　もう、どばどば大爆笑。おかげで遅れたよ。笑いすぎて喉が乾いたよ。あすこの喫茶店に入ろうよ。

③　まず断っておきたいんだけど、この話は絶対に他言無用だ。国家最高機密を知っているってやつさ。ここだけの話、おれが乗っていたバスにな、大仏が降臨したんだよ！　そう、鎌倉とか下赤塚の大仏。毘盧舎那仏《びるしゃなぶつ》にそっくりだった。宇宙人でいえば、第四種接近遭遇ってやつ？　大仏ってわりにはおれより背が低いんだけど、まあ後光が射していてさ、有り難いと思ってべたべた触りましたよ。色紙に汗を吸い取ったりさ。握手する？

きみにも御利益あるかもね。記念写真を撮ってる輩もいたんだけれど、大仏もなんだか気さくな奴だね、こんな感じでよろしいのかな、なんてそれっぽいポーズをきめて気楽に応じているのだから。それでも、さすがに、大仏、ああ緊張した。おっと、あすこの喫茶店にでも入らないか？　なに、ちょっと喉が乾いたのさ。へへ——。

①は微妙なニュアンスが伝わりにくいと考え、②は外しそうな予感がしたところから大塚修正は③を選択した。③ならスムーズに事をはこぶことができるだろう。何を根拠にそう思ったのか大塚修正はひとり断じた。もたつきながらもバスは前進を続けていることだし、見るかぎり空は青いことだし。大きな総合病院前でバスが停まり、乗っていた老人すべてが降り、そこからは誰ひとりとして乗ってくるものもなく乗客は大塚修正と白ネクタイだけとなった。

「どうやらバスを間違えたようです。あれ、寝てますか？」「え？　ああ」「確認したつもりなんすけどね」「そういうこともあるよ」「でも、なんか向こうも進行が遅れてるみたいで」「そうなんだ」「幸先よくないですか？」「そうだね」「でしょう。とりあえず東森沢に出て、そこから電車で南楠に行きますわ」そう言うと白ネクタイは車内を見まわした。「ふたりきりだ」「なんかね」駅から出るバスならわかるのだが駅へと向かう日曜の真っ昼間のバスに誰も乗ってくることなく次々に降りるだけというのは珍しいことのような気がした。更地の合間あいまに新築の一戸建てがぽつりぽつりと点在しているという心細い風景になってきて大塚修正が「変だな」ひとり呟くと「そうすかあ」と答えて白ネクタイは突然に立ち上がり吊り革にぶら下がって「ぽっちょーん」などと情緒不安定な言葉を発し

てゆらゆらしてから満足げな笑みを浮かべた。かと思うとまた座り大塚修正に顔を近づけて「出会い系とか、やってます？」と訊いてきた。「ああいうのって、面倒な目に合ったりしないの？」「テレビで騒いでるだけすよ」「そうなんだ」「かなり使えるサイト知ってますよ。自分、普通に詳しいんすよ」

あれはいつのことだったろうか？　テレビでみたようにはうまくいかなかったのだが、みようみまねでこころみた流しそうめん大会はたのしかったな。大塚修正はふとそんな悲しいことを考えた。二十冊ほどつみあげた雑誌のうえにタライをのせて台所からひっぱってきたホースで水をそそぎ、唐竹《からたけ》割りした竹にそうめんをながす。水をそのままたれながせるように竹の下方のはしをベランダにつきだし、大塚修正は奈々子さんと交互にながれゆくそうめんをはしにからめた。ビデオで映画をみながらたべた。かつて、ふたりではじめてみにいったアメリカ映画だった。ドジでまぬけな新米警察官がきびしいながらもあたたかな先輩・上司に見まもられて成長していくという、じつにくだらない、平日の昼間に12チャンネルでやっているような映画で、いったいこの映画のどこにひきつけられるのかわからないが、奈々子さんはときどきビデオをレンタルしてきてはその映画をみていた。「そのビデオ買ってしまえば？」「それならＤＶＤのほうがいいんじゃない？」「そうだね。半永久的にうつくしい画像だものね」

おそらく、いや、ほぼ百パーセントの確率でこのアメリカ映画、つまり『カリフォルニア・ヤング・コップ〜がんばれルーキー〜』はＤＶＤ化されていないだろうし、またその

予定もないだろう。大塚修正はそうめんをながし、そしてたべながら映画をみた。なんどもみているのですべてを把握していた。いつだって奈々子さんが涙をながさずにはいられないシーンにさしかかった。いつもドーナツばかりをたべている太った先輩（主人公にいじわるく接する）が「やるじゃねえかルーキー」と、手柄をたてた主人公に手あらい祝福をおくる、そんなラストシーンだ。そうめんをはさんだハシをそらで静止させたまま、のどをくっくとならす奈々子さん。もうすぐ会える奈々子さん。ゆらゆら揺れる奈々子さん。奈々子さんが一年のあいだどのような日々をおくっていたのか、それはともかく、変わらないものは変わらないままかつての場所へともちかえり、こぼれおちた涙は竹をつたってベランダへと雨どいへとながれおち、そして地上の土へとしみ込んで、缶ビールを飲みながら、しなやかにハシにからむそうめんを顔をほころばせながらすする。真夏のさなかにひそむ秋の気配をかすかにかんじて、あのころのステキな奈々子さんとの現在地。またふたたび、ただそれだけのシーンへとかけていくことができるのだろうか。なんて。

いくつものバス停を通過していくと窓の外に畑がひろがり始めた。やはり変。駅に向かっているはずなのだが逆に駅から遠ざかっているように大塚修正には思えた。というか、自分の生活範囲内からそう遠くないところにかような極地的な風景がひろがっていることに大塚修正は驚いた。「間違えたのかな」「おかしいですか？」「うん」「畑、ですね」「そこがどうも。こんなところを通ったかな」「運転手に訊いてきましょう」「頼むよ」「まかせといてください」と、白ネクタイが腰を上げようとするのを見計らったかのように終点を告げるアナウンスが車内に響いた。

車道を右折して私道らしき砂利道に入り込みたどり着いたそこはもちろん駅前でもなんでもなく、バス会社の倉庫前であった。窓を開けて身を乗り出し周囲を見まわしてみてももちろん知らない風景。遙か遠く低い線上で青空と接している広大な畑。ぺらぺらした感じの五十嵐奈々子が希薄な表情であらぬほうを見つめている。変だなとは思いつつも実際におかしな場所へと連れてこられてみると、大塚修正はしばし現状を把握することができなかった。目覚めてからこれまでの行動を反芻してみたところで、何がわかるわけもなかった。「ここ、ここでもう終わりか？　ここ、どこ？」「いやあ、自分はちょっと」「駅なんてないじゃん」「ありませんね」「どういうこと？」「はあ」「まいったな」大塚修正がバスを乗り間違えるなんてことは考えられなかった。大塚自身、自分が間違っているとは思っていなかった。どこかの誰かが致命的な間違いを犯したのだ。「そうに決まってる」「は？」「いや」でも、まあ、とにかく、「訊いたほうが早いすね」と白ネクタイに促されて、いつまでも呆然としているわけにもいかず、とりあえずはバスを降りようよということで大塚修正は立ち上がった。

整理券を出して料金を払いながら白ネクタイが運転手に問うた。「このバスは駅前行きじゃないんですかね？」「……」「このバスは東森沢の駅に行くやつとは違うの？」「……」「おい」「……」ハンドルを握ったまま黙秘権を行使する運転手に対して小刻みに震え出した白ネクタイが握り拳をふり上げようとするのを制し大塚修正は穏やかに訊ねた。「いつもは駅前まで行きますよね、このバス」「……」「あの、何か、ありましたか？」「……」

「あの……」「……」いや、ただ、駅に、駅に行きたいだけなんですけどね。

中学男子の性交のようなぎこちなさで倉庫の中へと入っていくバスから視線を逸らすと白ネクタイは言った。「いったい、あいつは誰なんすか」「誰って」「絶対にぶっ殺すべきでしたよ、普通にやばいっすよ。あいつ泣いてませんでした？」「きみが、ぽっちょーん、なんてこと言ってふざけてたのが彼の気に障ったんじゃないのかな」「まさか。駅はどうでもいいすけど、あの運転手はどうにもむかつきますね」「で、どうする？」「どうするんですか？」「どうしようもないけど、とにかくおれは駅に行かないといけないからさ」「待ち人？」「うん」「女？」「そうだよ」「そりゃあ、行かなきゃ」「きみは？」「とりあえずもう一度電話しますわ」

11時44分であった。白ネクタイが電話しているあいだ大塚修正は、もしかすると、可能性はないに等しいのだが、万が一、時間に遅れるということがあるかもしれない、でも必ず行くから、オレンジ色のTシャツ着てるから、むしろ着られちゃってるかも、おうおう、といったメールをファニーな絵文字をおりまぜて打ち込んだ。完成した文章を読み直して送信すると隣で白ネクタイが怒鳴り出した。「そりゃどういうことだよ、ふざけてなんかないんだって！　こっちだってわけわかんないんだよ、どうすれ、あ」「おいおい、どうした」「そんなに嫌なら来なくていいよ――」電話相手の真似をしているのか奇妙な声色をつかって白ネクタイは言った。「――だって、ちきしょう。明日明後日にでも殺す、七年殺しっすよ。すげえむかつく奴なんすよ、実際」「幸先よくないじゃん」「こうなったら意地でも行きますけどね」

ふたりはバスで来た道を戻ることにした。思い出すにどこかで曲がるべき角をそのまま直進してきたような気が大塚修正はしていたのだ。確信はないのだが、その角まで戻って正しい道を行けばおのずと駅に出るのではないかと結論したのであった。もっと早くに気づいてもよかった。前へ前へと力強く進んでいるつもりがまるでそうではなくてむしろ逆に確実に一歩一歩後退していたのではないかしら。バス会社の周囲は落花生だかなんだかの一帯が畑で、滅多に乗ることがないといってもさすがにこれだけの風景なら記憶に残るはずであるからやはりおかしい。おかしいと言えば、意味は違うのだが、セカンドバッグをこわきに抱える白ネクタイの佇まいが怪しい公認会計士の男みたいで大塚修正にはそれがおかしかった。「なんか、ちょっとした小旅行に来たみたいじゃないですか?」「呑気だね」「そうすか」「突然に田舎だし」「ハイチューのCMみたいな?」「ハイソフトね」「そうそう、それそれ」「暑いな」「あれは何かの目印にならないんすか?」白ネクタイが指したほう、バス会社のもっとずっと後方、畑のど真ん中に巨大な工事中の建造物があった。「あれを見て右とか左とか」「あんなの見たことないなあ。何をやらかすつもりだろ、こんなとこで」「秘密工場っすよ。軍事秘密工場」「秘密って、すごい丸見えじゃないか」「それでも日本国民の九割以上が知りませんからね」「それもそうだな」「でしょう」「UFO発着場!」「あり得ますね」「だろ、この前『Xファイル』でこういうの観たよ」と言いながら大塚修正は歩き始めた。「テレビとかよく観るほうなんすか?」「よくでもないけど」「子供はなんで勉強しなくちゃいけないんですか? とかなんとかクソガキがほざくCM観たことあります?」「あるね」「むかつきません?」「べつに。でもなんで?」「むかつくでしょう、あれは。したくなけりゃ、しなけりゃいいじゃねえか、って言いたいんすよ。しねえで一生ぺんぺろぴー、とかほざいて生きてきゃいいんすよ」「ぺんぺろぴー？」「思いません？」「まあ、子供だからね」「ガキだからむかつくんすよ」「勉強してたんだ？」「自分すか？」「うん」「してりゃあ、もうちっとね」そう言うと白ネクタイは小石を拾って放り投げた。

時間の経過と共に態度がぞんざいになっていく白ネクタイと並んで歩く大塚修正は喉が乾いてしようがない。周囲に自動販売機やコンビニエンスストア、商店の類はまったく見当たらない。駅まであとどれくらいの時間を要するのかまったくわからない。でも余裕をもってバスに乗ったのは正解であった。これだから現実ってやつは恐ろしい。そんな自明なことをあらためて実感する大塚修正はわきのあたりが妙に気になり、顔をしかめて張りつくような喉にどうにかして水分を補給しようとするのだがすべては徒労だ。喉、乾かないか？　と言おうとして横を向くと白ネクタイが、ぐぼぼぼ、もの凄い勢いでペットボトルのウーロン茶を喉に注ぎ込んでいた。あ、と言って大塚修正はペットボトルを凝視したのだが期待するような反応は返らず白ネクタイが「急に思い出した」「何を？」「あんたのこと」「おれ？」「西森のゲーセンに毎日のようにいるでしょ」そう言われてみて大塚修正も思い出した。西森とは西森沢町の略称で大塚修正が勤めている清掃会社がある街なわけだが、その西森沢駅前にあるゲームセンターへ大塚修正は仕事帰りに毎日のように通っていた。仕事、ゲーセン、家（帰れば帰ったでパソコンゲームにうつつをぬかす）、そのくり返しが大塚修正の日々のパターンで興味のない人間から見れば呆れてしまうほど大塚修正はしょうもない端末機に金を注ぎこむ毎日を送っていた。しかし下手だった。西森のゲーセンにおいていつも対戦型格闘ゲームで勝負するも歯がたたない男に白ネクタイは酷似していたというわけであったが、「ゲーセンにはほとんど行かないから、違うよ」と大塚修正は答えた。「似てるんすけどね」白ネクタイが悪びれる様子もなく半分ほど残ったペットボトルをセカンドバックにしまいこんでしまうとまた、あ、と言って大塚修正は口を開いたまま高い空を仰いだ。

携帯を見ると返送メールを受信していた。内容は、駅前の喫茶店で落ち合うことにしましょう、でも、なるべくはやく来ること、そんな感じのことで大塚修正は、行くさ、なるべく素早く行くさと速度を上げるのだが二十分ほど歩き続けても見おぼえのある道には未だ至らず、ある後悔の念がわき起こって、でも今からでも遅くはないかと思いなおしてその旨を告げようとするより先に白ネクタイが言った。「折り返しのバスに乗ったほうがよかったんじゃないすか」「おれもそう思った」「ありますよ、あそこに」「うん」前方にちょうどバス停があった。

「二十五分後だね」「はあ」「どうする?」「どうします?」「どうしたい?」「ここで二十五分は、正直」「だね」「あ」「何?」訊きながら時刻表の裏側にまわると路線図の上に張り紙がしてあり、八月二十三日の運行は駅前商店街にて挙行されるサンバ・カーニバルのため大幅に変更させていただきます、というようなことが記されていた。「しょうもな」「ちょっと、ワクワクしてたよ」「何やら妖しげな魔界ゾーンに?」「いわゆるね」「あの運転手とか」「仕込みかと思ったよ」「何てことないすね」「しかも今さら」と、大塚修正は肩をすくめた。白ネクタイはにやついていた。「何か期待してない？」「サンバですよ」「そうだけど」「何やら凄いものを拝めそうじゃないですか？」「東森沢なのに？」「そこが逆に」「というと？」「普通のジャパニーズ・ガールが踊ってそうじゃないですか？」「だとしたら」「かなり」「もふ」「うきゃ」「みゅーん」「乳首ぽろ」「マーブルぽろ」「急ぎましょうよ」「行こう行こう」「あ」ひとこと言い残して白ネクタイは十五メートルほど先の、河原に打ち上げられて刻々と腐乱してゆく淡水魚みたいに横たわっている自転車のところまで行くと、ふり向き手招いて大塚修正を呼んだ。

「これ、いただきましょうよ」「平気かな？」「どう見ても放置っすよ。防犯登録もしてないから余裕っすよ」「じゃあ乗ろう」「お願いします」「何が？」「運転」「おれがこぐの？」「いや、自分これだから」と言って白ネクタイはダークなスーツの裾をはためかせた。「まあいいけど」大塚修正がサドルに跨がると白ネクタイは後ろに両足を揃えてちょこんと座った。「あ、そうやって乗るんだ？」「跨ぐとズボンに皺ができそうじゃないですか」「いやなスタイルだな」「誰も見てないっすよ」「まあいいけど腰に手をまわすのはいやだぜ」「ふふ」「なんだよ」「ふふ」「気持ち悪いな。鞄、籠に入れなよ」

レッツゴー、なんて言ってみて自転車で走っていくと気分は爽快であった。後ろで陽気なメロディーを口ずさんでいる男が男ではなくて奈々子さんなら更にいいのだが夏の風が頬に当たって気持ちがよいのだ。ましてやこれからのことを思うと大塚修正の心は弾んだ。これなら致命的な遅刻にはなるまい。送られてきたメールの文章を思い返してはどこであろうと繋がってる感覚に嬉しくなって弛緩してゆく顔面の筋肉をなすがままに大塚修正はペダルをこいだ。「何とかなりそう」と、いやなスタイルのまま不気味な微笑を添えて白ネクタイが言った。「意味はないすけどね」「うん」「でも何だかそんな感じが、ひしひしとね」「ありがたいね」「子供の頃の、ことなんすけどね」「うん」「ノストラダムスとかそういう類の終末予言みたいな話を聞いて」「うん」「自分、あんまり頭よくなかったから、未来ってのがイメージできなくて」「うん」「時間の流れみたいなことがよくわからなくて、十年先とかまったく理解できなくて、未来っていうのは地球とはべつの場所にあるどこか遠い星のことだと思ってたんすよ」「ああ」「それで、いつかその未来っていう星、つうか世界が消えてなくなる、なんて考えてた。ヤバイっすよね」「ちょっとね」「かなり、でしょ」ははと大塚修正は笑い、その流れにのって訊ねた。「使える出会い系ってやつ」「はあ」「あとで教えてよ」「ふふふ」「実はさあ」と大塚修正が言おうとすると、道は下りながら大きく左にカーブしていって県道らしき車道に合流し慣性にまかせて道の真ん中までおどり出て「はひゅー」とか声を発して曲がっていくと2tトラックが突進してきたから「サンバ！」と叫びながら思いっきりハンドルをきれば自転車ごと畑に突っ込んだ。

大塚修正は立ち上がり体の異常を調べた。運がいいのか悪いのか、不幸中の幸いというのか、畑と道路を仕切るM字型の粗末な白い柵に前輪が引っ掛かり勢いあまって後輪が白ネクタイごと頭上高くまい上がり一回転して自転車からふたりは放り出されたわけだが放り出されたのがやわらかな土の上であったので無傷ですんだ。つつつと言いながら白ネクタイも起き上がりスーツの土をはらった。「大丈夫か?」「まわりましたね」「まわったね」「ハプニング大賞もんすよ」「くるっとね」「くるりと」「ズボン」「え?」「股のところ」

「あ」「出てる」白ネクタイのズボンの股間部がぱっくりと赤貝みたいに口をあけ、そこから青いブリーフらしき布がもっそりはみ出ていた。「平気すよ、そんなに目立つところでもないし、それより自転車を」かなり目立っているのだが何も言わずに大塚修正は自転車を起こして道路に運び各部を点検した。前輪がアメ細工のように変形していた。「無理そうすね」「ちょっとね」そう言うと大塚修正はだらだらと続いていく道の先に目を向けた。ほつれた縫い糸みたいに、道はどこまでも平たく続いているのだった。

あの力士、わたしは知っている。川俣清子は壁に飾られている黄ばんだポラロイド写真を見てそう思った。確か、弟が毎月定期講読している相撲雑誌を暇つぶしに読んでいた時に目にしたように思う。しかし、名前までは思い出せなかった。並べて張りつけてあるサインの解読を試みたのだが、無駄であった。「つ」だとか「て」がつく名前であったような気がする。「つナントカ山」だったか、とにかく「た行」に間違いない。これから今夜寝るまでこのことだけを考えて過ごせばわかるかもしれない。でもわたしはそんなことはしない。そんなことをする女ではない。仮に思い出せたとしても、あまり有名ではないと思われるこの力士を知っている自分もまたどうかと思うわけで、忘れたのならば忘れたままで、それはそれでいいのではないかと川俣清子は思った。

川俣清子はメールに送ったとおりに駅前の喫茶店で男を待っていた。男が現れるかどうかについては自信があった。必ず来る、川俣清子は確信していた。していたのだが、たとえ男が姿を現さなかったとしても、自分はべつに何とも思わないだろう。川俣清子は窓際に置かれた松ぼっくりに指先を触れて、ふと半年前に別れた横田雅志のことを考え、ここにいる自分のことを考えた。どうでもよかった。あと十五分しても男が現れなければ帰ろう、アイスティーの氷が夏の響きと共に溶けて川俣清子が三本目の煙草に火を点けると店のドアが開いた。安っぽい呼び鈴が鳴って、オレンジ色のTシャツを着た、それっぽい小太りの男が店に入って来た。落ちつきなく店内を見まわすその男と目が合った川俣清子は乾いた息を漏らし、36点、といつものように採点してから男に向かって手を挙げるのであった。

どこまでもつづいていきそうな海辺のほそいみちを奈々子さんとふたりであるく大塚修正はすらりと背のたかい十六才で、砂浜に太陽のひかりがさしこみ、海のきれめに船がみえて、すぐにきえた。風にのって、はりつくような潮のにおいがした。あたりまえである。海のすぐちかくなのだから。それはともかく、かなりあいまいでまろやかな海辺の景色のなかを大塚修正が一年センパイである奈々子さんとはじめてふたりきりであるいていたという平日の昼さがり。

「とにかく、あしたはちゃんと学校にくること、わかった?」「気がむいたらいくことにしますよ」「それで、大塚くんは今年のお祭りには参加するの?」「たぶんいかないとおもいます」大塚修正はそう答える。奈々子さんはわらいながら、「大塚くんて、そんな感じ」「そうですか?」「わたしはすごく好きなの。べつにおみこしをかついだり、おおさわぎをするわけじゃないんだけど、その場にいるだけでとてもいいキモチになれるんだよね、ふ

しぎなことに。威勢がいいなとか、エネルギッシュだなとか、そんなレベルじゃなくて、もっともっとすごいの。うまくはいえないんだけど、いつもよりいっそう世界がかがやいてるようにみえるの。とてもきれいなものにかんじてくるの。大塚くんもいってみるといいよ」魅力的な笑顔で奈々子さんはいう。かんがえておきます、と大塚修正はこたえる。

来年の春にはもうこの町にはいない奈々子さん。どうしようもなくやりきれないきもちをかくしたまま、神社の鳥居につうじる石段をのぼろうとすると前方から自転車にのった巡回中のわかいポリスが近づいてきて、ふたりのまえでとまる。

「なにをしてるんだい?」「意義のあるさんぽ、かな?」「虹のふもとへ」と奈々子さん。「虹?」といってポリスはふりむく。「どこにもみえないけど?」「あそこにみえるじゃないですか」と奈々子さんはゆびさす。前方三百メートルぐらいのところにある、生徒数が五十人にもみたない小学校の時計台のうえに、虹がみえる。「ちがうちがう、もっと左、左だって」「みえないけどなあ」「みえるわ、はっきりとみえるわ、ねえ」「はっきりとはいえないけど、みえますよ」「視力がおちたのかな」「つかれてるのよ、きっと」「まあいいや、とりあえずあしたは学校へのみちをあるくように。それじゃあ」といいのこしてわかいポリスはくちぶえをふきながらきこきこと自転車をこいでさっていく。大塚修正は肩をすくめながらこの後のことを、神社周辺の繁みに入り込んで木漏れ日を浴びながらしことやることだけを考えている。

「飲みます?」「あ、悪いね」「なんも、ないすね」「けっこう田舎に住んでたんだなって実感してるよ」「ここの生まれじゃないんすか?」「うん」「自分もそうなんすよ」「どこ?」「茨城の水戸なんすけどね」「ああ、納豆の」「納豆だけじゃないすけどね」「あ、そういう意味で言ったんじゃ」「納豆納豆って、ほんと腐ってんだよな」「ねばねば?」「つまんねえ」「あ」「で、あんたはどこ?」「いや、岡山の宇野ってところなんだけどね」「ウノ?　何だよそれ」

そしてだれもいなくなった。なんのまえぶれもなく気まぐれのように世界がおわった。ふたりは生きていた。かれと五十嵐奈々子のふたりはなんのまえぶれもなくおわってしまった世界のかたすみで生きていた。よくはれたたにちようびのおもいとともに、かれは空をみていた。ひろがる空はモスグリーンであった。あの日からずっとモスグリーンであった。モスグリーンの空のした、ガレキの山と化したこの地上、いかれた形態となった虫や木や光や風以外に、ふたり以外に生存者がいるのかどうか定かではなかった。しかしふたりはであった。それが運命でもあるかのようにみちびかれるようにして、ふたりはであった。この地上のどこかに、なかまがいると信じた。かぎられたきれいな水とわずかな非常食をたよりに、ふたりは未来をもとめてさすらった。おたがいをもとめあって生きつづけた。おわってしまった世界で。終了した世界で。おわることにした世界で。大塚修正と五十嵐奈々子、このふたりの人間が存在しているという時点で世界が終わったと断じるのは浅はかなことこのうえないのだがとにかく、大塚修正は真っ昼間から緑色の空の下でぱこぱことやることばかりを考えていました。

東スポを地面に敷いて座り缶ビールを飲みながら次々と打ち上げられていく花火を見ながら顔をほころばせながら真夏のさなかにひそむ秋の気配を微かに感じながらとっても素敵な五十嵐奈々子との野外プレイ？　遭難した挙げ句にたどり着いた山小屋で一夜を共にすることとなった五十嵐奈々子と吹雪の音を聞きながら？　あるいは時は流れて宇宙大航海時代（西暦２５００年代）、激化するギグルス星との全面戦争のさなかに出会った地球連邦軍下級士官ナナコ・イガラシと旗艦マイアミ・スラックス号（クロッサムＹ―94型）の居住区内にある一室にて？　はたまた時は元禄年間、極悪非道な女衒《ぜげん》として全国を駆けめぐる、ひと呼んで「夾竹桃の修」が織りなす色欲の日々のフラグメント？　高度なイメージ・プレイ？　実に散文的な形で出会う女との無味乾燥な交渉に彩りを与えるべく、大塚修正は独りまろやかな世界を紡ぎだしていたというわけだ。そして今度はハードボイルドな気分に浸っている。途絶えることなく煮汁のごとくにあふれ出す暴徒と化した群衆の波をかきわけているのだ。つまりは東森沢ライオット！　そう、東森沢暴動の真っ只中を、彼はひとり約束の場所へと突き進んでいるのだ。ゴー、ハードボイルドでゴーだ。歩道と車道の境界線があいまいで車一台どうにか通行することができるほどの幅しかない商店街。通り抜ける車両も殆どなく忘れた頃にバスがやって来るくらいで四割の店が常時シャッターを降ろしたままの商店街。風なんか吹いてもいないのに道の真ん中にひるると旋風が砂塵が舞う夕暮れ四時ともなれば「夕焼けセール」のアナウンスがスピーカーから流れ出る商店街。端的に言うことが許されるのならばとてもみじめな・終わってる商店街。胸ときめかせてやっとの思いでふたりがたどり着いた時にもその現状に変わりはなかった。カメラ片手に所在なくふらついてる数人の垢抜けない成人男性が目につく以外はいつものとおりのこの通りを、殺風景なこの通りを安っぽいクレヨンで塗りたくりながら大塚修正は喫茶店を目指し、落胆を通り越して怒り心頭の白ネクタイが叫んだ。「どうなってるんだよ！」「どうなってるんだろうね」「ずいぶんと、ひっそりじゃねえか！」そんなに楽しみにしてたのか、サンバ、と思いつつ大塚修正はいいかげんな答えを返した。「もう終わったのでは？」「まだ一時だぜ」「じゃあ、これから？」「そういうふうにも見えねえけどな」第一回東森沢商店街サンバ・カーニバルなんて、かぎりなく裸体に近い踊り子なんて、それらの痕跡すらどこにも認められなかった。そんなもんなんだよ、ここは東森沢なんだから、と大塚修正は思った。まともな喫茶店ひとつない、退屈な街なんだよ。「こらへん、ゲーセンもないのか？」「駅の向こうにならあるけど、しょぼいやつが」「気晴らしに行ってくるかな」「気晴らしって、結婚式はどうする」「結婚式？」「これから友人のかどうかは知らないけど、とにかく結婚式に出席するんじゃないの？」「違うよ。葬式でしょ、ほら、白いネクタイに黒いスーツできめて。やっぱ葬式ってさ――」そう言い放つ白ネクタイが胸を張ると、Yシャツの下のあいつが、虚ろなカート・コバーンがやはり確かに透けて見えるのだった。「――白黒じゃない？」「そうだね」「だろ」「うん」「どうでもいいけど、そのTシャツきつくない？」

ドアの前で、大塚修正はびしっと髪をととのえ、汗を拭き、涼しげな表情をつくり事前に考えておいたいくつかのユーモラスなエピソード（遅刻の言い訳）を思い返した。ばかうけ間違いなし。そう確信した大塚修正は、ふと表情を崩した。おかしくもないのに笑った。自画自賛していたわけではない。それがあまりにも突然だったから。考えてもいなかったから。大塚修正は思い出したのだ。忘れていた花の名前をはっきりと思い出したのだ。よくあるような、そうでもないような、そんな瞬間に立ち会い、破顔するのを抑えることができなかったのだ。まるで忘れていたにもかかわらず唐突に思い出したその瞬間ってやつは、ズバッときちゃったその瞬間ってやつは、たとえようのない真実のよろこびってやつだから。だから今日は、この日一日は精一杯に楽しめそうな気がした。アクシデントはあったものの大幅な遅刻にはならずに到着することができたしね。おそらく二時間後、早ければ一時間後にはああしたりこうしたりすることが可能であろう。アロー。どこかで見たような聞いたような、ありがちな設定を周囲に漂わせてみるのも楽しいけどちょっと。ゲームもいいけどやっぱり。そんなこと、大塚修正だってわかってる。少しずつ、よりよくなっていけばいいなと思ってる。生のあの子もちょっと違うよね。Tシャツは今日もきついよね。それぐらいのことわかってるから、見通しの暗い先のこと、喫茶店のドアを開けてからのこととか、川俣清子のこと、その約束の女がPC専用恋愛シミュレーションゲーム『星屑しるえっと』の人気主要キャラ・五十嵐奈々子に酷似しているのかどうかなんてことは、そんなことはやはり蛇足以外の何ものでもない。ない。

春は酩酊

たとえば、こんなふうにはじめてみるのはどうだろう?

ヒグチヨウコウは恋をした。

笑っては、いけない。ここでためらっては、いけない。祝福すべきである。「命短し恋せよ乙女」というではないか。そう、性別を問わず、老若男女、恋は奨励されるべきである。人生即恋路。恋スルダケガ人生ダ。極論ではない。西陽に映える稲穂のごとく、恋は、いつだって輝いている。十人十色に輝いている。そして世の中に氾濫するよろめきドラマ等を考えてみればわかるとおりどこかで誰かが恋、してる、そんなあたりまえの出来事にひとびとはとても関心があるようだ。ああわたしもこんな恋に生きていきたい、桜吹雪のような恋したい(どんな恋だ?)、共感することもあれば憧れてしまうこともあるだろう。なにを馬鹿な不都合な、つくり話さ自烈体のさ、きさまはからくり人形さ、愉快でありもすれば不愉快であるかもしれないね。さて、ヒグチヨウコウの恋路はどのように進行し、そして、受けとめられるのだろうか。

あまり手触りがよくない、赤い、ダイアリー。残された日記帳。ヒグチヨウコウの日記である。しおりがはさんであるページをためらうことなく、ぱっと開く。ぷ。いや、失礼。ページの中央に、ただ、書いてある。

恋を、した。

0

闘将・江尻五郎は試合前に必ず、いちご大福を一個半、口にしたという。そんな小意気な「スポーツ・こぼれ話」を捏造しながらヒグチヨウコウはあれこれと服を見ていた。長い長い冬もようやく終わろうとして、春物上着が必要な季節、はたと困ったのだ。大事に大事に着ていたウインドブレイカーがついに臨終の時をむかえてしまったのである。それはつまり着るものがないということ。毛玉だらけの厚いコートしかないということ。Tシャツにシャツではまだつらい。ヒグチヨウコウは重い腰をあげて服を買いに出かけるしかなかった。洋服を目的のメインに据えて外出するなどということがほとんどないに等しいヒグチヨウコウ、洋服にはうるさかった。目一杯に金を惜しむ。その一点において、とても、うるさい。買わないに越したことはないと思っている。おそろしく衣服に対しては吝《りん》嗇《しょく》なのである。しかしいざ買う段になると平素は眠っている服飾センスが目を覚まして妙に気の利いた一点を選ぶ、ということは、もちろん、ない。ヒグチヨウコウが選ぶ服はえらく恰好悪い。当然である。服を見るのに注意するポイントは丈夫さと値段のみであるのだから。デザインは二の次、どころではない。ほんとうに見てないのである。ずらりハンガーにかけられ陳列されている服の袖口などに糸で吊るされた値札のみを、片っ端から見ていくのである。そして手頃な値段の一着を手に取って般若のような目つきで縫い目を確認する。それでも悲しいかな、ヒグチヨウコウが買う服は半年も着つづけていれば、もうだめである。それでも最低五年は平気で着用しているのだから彼の服の状態は容易に想像がつくだろう。着られない、などといったものではもはやなく、着てはいけないレベル。購入当時の面影はまるでない。

より安くさらに安くもひとつ安くと八軒九軒、店を巡っていったのだが、服の値段にうるさいヒグチヨウコウもいい加減に疲れてきて、もういいだろう？　などとひとりごちて四軒目で見つけた五百四十円のフリース？　とやらを本日の最安値と決定した。決めておきながらも四軒目の店に戻る道すがら念のためにと立ち寄った十軒目の店で四百九十円のブルゾンを発見、指をぱちんと鳴らしてヒグチヨウコウは会心の笑みをこぼした。うむ、人間あきらめてはいけない、あぶなく自分は敗残者になるところであった、これなら春・秋と着られるし（べつにフリースだって着られるがそれはいい）、実のところフリース？　とやらは不本意であった、安ければいいわけだがどうにも女々しくていけないや、よし、思いながらももう少しどうにかならんかと店員に交渉してみるのだが特価品ですからとやんわり流されてわりとあっさりあきらめて左胸元に〝feeling sky〟と筆記体で刺繍されたあきらかにサイズの合っていない大きめの白いブルゾンを購入したヒグチヨウコウが四時間後には恋におちるなんて、それだけで、素敵じゃないか。

なにもヒグチヨウコウは四時間もの時間をミニカー専門店で過ごしていたわけではない。ミニカーを眺めていたのはだいたい一時間ほどで、いいな、あれいいな、メルクリンのメルセデス欲しいな、指をくわえてショウウィンドウをのぞきこみながらも結局買わないことにして（金がないだけなのだが）、駅前で不法に出店をしている友人のフルカワクんのところに行ってみたが店を開いていたのはうさんくさい外国人だけでフルカワくんはいない。ここ三週間ほど姿が見えないので心配だ。どうしたの？　と電話の一本でもかけてみればいいと思うのだができなくて、なにか気に障ることでも言っただろうか、唐突に不安になったりして寂しい気持ちを引きずり古本屋を何軒かまわって文庫本二冊、そして古いSF映画雑誌を買った。そのあと中古CD屋でCDをあさった。ワゴン内におさまっている激安CDをひとつひとつ丹念に指でなぞりながら順に（こういう安売り品はいつだってアバウトな並べ方ではないか？）見ていった。なにひとつとしてなかった。いつだってなかった。それなのにいつだってあるような気がしてのぞいてしまうのであった。今日もない、せつないような腹立たしいような、でもいつものことだからそうでもないような、そんな気持ちでヒグチヨウコウは昼食をとろうと思って店を探した。

　もちろん味よりも安さを優先させる。というよりヒグチヨウコウは味がわからない。というわけで安ければなんでもいいのではあるが、なにも日々同じリズムにのって生活しているわけではない。その日その日の気分や体調といったものに少なからず左右される。この日のヒグチヨウコウはいくつもの服屋をまわるなど歩きつづけていたのでいささか疲れていた。そんなわけで、ゆっくりできる店・落ちつける店に入りたいと思ったのはヒグチヨウコウにとって幸運であったということか。これを運命（さだめ）と呼ぼうか呼ぶまいか、そんなことはどうでもよく、安くて空いている店はいくらでもあった。昼食時からずいぶんと時間が過ぎていたのでたいていの店は空いていた。そのなかに安い店もあった。いくつかの候補のなかからヒグチヨウコウが選んだのはライスおかわり自由の〈定食処まごころ〉で外から見たところ客はあまり入っていないようであった。ドアを開けてなかへ入ると広い店内に客はひとりもいなくて、割烹着姿の女の子がカウンターごしに厨房の料理人と談笑していた。ヒグチヨウコウは値段と量（メニューに載っている写真で判断するしかないのだが）のバランスを比較考慮した結果「おもいっきり定食」を注文した。

　水を飲み買ったばかりの古いSF映画雑誌のページをめくった。なぜこんなものを買ったのだろうか？　ちらと思った。SF小説はよく読む、SF映画もそれなりに観る、しかし専門雑誌を買ってまでその領域に詳しくなろう、とは思わなかった。結局安いから買っただけのことなのだが、探していたわけでもなく、べつに欲しいわけでもなくて、いろんなところで金を惜しみに惜しんでじゃあ剰余ぶんはどこにいくのかといえば、つまりはこういうことなのであった。読者の報告コーナーに茨城の高校生が、文化祭で自作の紙製・木製の宇宙戦闘機を展示してみました御覧あれ、という記事があってその製作品がとんでもなく巨大な代物で、そんなものつくる暇があったら勉強なさい、とも思うのだが、模型クラブだからべつにいいかと思いなおして、今日を生きる現役高校生もこんなふうなものをつくったり飾ったりするのかしらん、とかそんなことを考えているうちに、やはり欲しくて買ったわけではないということもあって飽きた。ふと目をやると割烹着姿の女の子がこちらを見ている。目と目が合った。広い店内でふたりきりだと奇妙な気恥ずかしさがあって「おもいっきり定食」は実におもいきっていたのであった。

　咀嚼《そしゃく》する様・箸をつかう指さばき・肘の位置、総じて食事作法といったようなものを採点でもされているかのような感じがしていやだなと思いつつ、それでも決して知らないふりですますことができないのは、その割烹着姿の女の子が美形だからであった。カウンターに背を預けて、両手で四角いトレイを抱える彼女のたたずまいはとてもかわいらしくて、気になって、気になってわたしがお米食べてるのなんて見ないで、とか思うのだが気になって気になってやっぱりわたしを見て。こいつは……と思い熱っぽくなるヒグチヨウコウであった。緊張していた。ヒグチヨウコウは箸を置いて両手で顔面を覆いぐっと、惚れちまったのか、ひとり合点した。ふうと息をつき残っていた水を飲み干すとすかさず割烹着姿の女の子が水を注ぎにきた。彼女の給水はどぼぼなんて下品な音ではなくしゃばば、みたいなきれいな音であるとなぜか腕を組んで感心するヒグチヨウコウ。ぼくに水を注ぐときだけそうなのであろう、注ぎおえて立ち去るときに名残惜しくぼくをそっと盗み見たのであろう、つまりこの子はこのぼくに惚れてしまったのであろう、ヒグチヨウコウは断定していた。割烹着姿の女の子が元の位置におさまるとヒグチヨウコウは極めて太いエビフライにかぶりついた。変わらずに視線を感じる。米ひと粒残すことなく食べてしまうとヒグチヨウコウは煙草に火を点けた。カメラでも向けられているかのように精一杯のポーズで。どうしようもなく下劣なことを考えているだけのくせして苦り切った表情でなにやら高尚な思いに耽ってでもいるかのような、引き締めた顔面とは裏腹に、安っぽいグラスに浮かぶ一滴のしずくのなか、割烹着姿の女の子と自分がアメリカ通りを歩いているという情景を、果てのないふたりの世界を、みーつけた。とかなんとか。

　ほうじ茶です、どうぞ。言われて、気づくか気づかれないか際どいぐらいのかすかなうなずきを返し、いまだ目の前に立ちふさがる難問と頭のなかで格闘しているというポーズを継続中のヒグチヨウコウはわざとらしくため息をつき「野心なき生活の儚《はかな》さ……」などと呟くのだがその実、ほうじ茶、あの子がいれてくれたほうじ茶嗚呼、湯呑みを手に取った。湯呑みの縁に唇を寄せてヒグチヨウコウはふと思った。この湯呑み茶碗をテーブルに置くとき、彼女の手は緊張で震えていた！　そんなことを思いながら湯呑みを傾けると、熱っ、ほうじ茶が予想を超えて熱い。下唇が極厚になってしまったようで泣きそうになった。実際に涙がちょっぴり出た。煙草を口にはさむがはさんでいる感覚がまるでない。ほんとうに苦り切ったヒグチヨウコウなわけだがそれどころではなく、痛い痛いと煙草をもみ消し、親指と人さし指で極厚の下唇をつまんで、熱を冷ますつもりでふーと吹いたらぶーなんて、音が出るから赤面、しちゃった。見ると割烹着姿の女の子は微笑してた。へへ。

家に帰る道すがら、ヒグチヨウコウはずっと、思っていた。癒し系、そんなことをおりまぜながら、思っていた。帰ってから開幕したばかりのプロ野球中継を観たり夕飯を食べたり熱い湯につかっているときにも、思ってた。赤いダイアリーに「恋を、した」なんてことを書いているときにももちろん、思ってた。割烹着姿の女の子のことばかり、思ってた。そんなことばかり思っているものだから布団に入って読みはじめた小説がなかなか頭に入ってこない。読んでるつもりでもいつのまにか、でへ、あの子のことを考えていてしまりがないのだが、最近姿を見せないフルカワくんが貸してくれた（なぜか強引なまでに読め読め読め読めと押しつけるように）小説だからきちんと読んで感想を言わないといけない。ヒグチヨウコウは煩悩を振り払い言葉を見つめた。どうにかして読みすすめるうちに小説の世界へとヒグチヨウコウは入り込んでいった。妙に今日の自分と符合する面が多い主人公であった。これってぼくのことだ。まさに現在の自分自身ではないか！　ヒグチヨウコウは安易な感情移入でこの小説は自分のことを書いているのだと思い込んだのだが無理もない。

当然のことながら現時点においてはヒグチヨウコウの知る由もないのだが、彼の揺れ動く未来世界を左右することになるこの小説『いつも、そういうかっこうを？』の一部を参考までに抜粋させてもらうことをどうか許していただきたい。

※

聖書片手に冴えた感じのチノパンをはいて今日もまた踊る背骨をおさえることなくかなりはしゃいだ気味で〈レストランまごころ〉のドアを開けた樋口用高がはいているのはチノパンというよりはむしろ、いや、よそう。とにかく忘れかけていたほどに稀な気分、高揚した気分のまま、ちょうどひとつ席が空いたところで樋口用高は昨日と同様に「本日のシェフのおすすめ」を注文しようと思ったのだがウエイトレスはなかなかこない。メニュー（見る必要はないのだが）もこない。樋口用高はおそろしく落ちつかない雰囲気に戸惑った。昨日と今日とでまるで違う雰囲気を店に入った瞬間に漠然と感じてはいたのだが席に着いてみるとあらためて樋口用高は五官のすべてにおいてはっきり感じとった。自分以外の客三組はすべてカップルで入れ違いに出ていった客もカップルで自分のすぐあとにきて空いてないからとあきらめて帰ったのもまたカップルだった。シメンソカ。三面は周囲のカップルで残る一面は、ウエイトレス。いとしのウエイトレス――。

新しくかっこいいチノパン（？）を買ってうかれ気味になってたまにはちょっといいものを食べてやろうと外からではまったく値段のわからない異常に不安げな店・一度も足を踏み入れたことのない店〈レストランまごころ〉のドアを初めて樋口用高が開けたのは昨日のことだ。こじんまりとして洒落た感じ（樋口用高はそう思った）の店内はふたり用のテーブルが四組しかなくてその四組とも誰も座ってなかった。昼食時から少しずれていたので誰もいないのだろう、決して不人気な店だということではないだろう、樋口用高はそう信じてコートを脱ぎテーブルについた。メニューを見ると、ふざけるなこの雲助《くもすけ》さん！　絶叫するのを抑えきれなくなるほどの値段ではなかったのでとりあえず樋口用高は安心した。よくわからないので「本日のシェフのおすすめ」を注文したあとで、本日のシェフのおすすめとはなんですか、訊ねるべきであったのだろうかとふと思ったのだが、どうせあれこれ言われてもわからないのだからよし、とした。入った店が洋食店であって、中華・和食ではないことはもちろんわかっているのだがその「洋」が具体的にどこの国をさしているのかはまったくわからなかった。樋口用高はそれもまたよしとした。待っているあいだ樋口用高はチノパン（？）の入った紙袋をのぞき、にたりとしては、いやなところに穴が空いてしまったこの（現在はいている）Ｇパンともおさらばだぜともう一度にたりとした。いやなところとはもちろん生殖器にあたる部分であって、なぜこんなところに穴が空いてしまったのだろうか樋口用高は不思議でならない。決して股間部は生地を酷使するような部位ではない。銭湯などで男が股間を隠すような手つきで樋口用高は穴の空いた箇所をまさぐった。まさぐりながら右斜め上に視線をおくりあれやこれやと考えてみたが答え（股間部に穴の空いたほんとうのわけ）は得られなかった。穴が広がっただけだった。右手がなま温かくなっていた。それがやだな、そう思っているとカウンターの前で銀のトレイを両手で抱えてぽつねんとしているウエイトレスが自分のほうを見ているような気がした。樋口用高と視線があうやいなやウエイトレスは背中を向けた。はてな？　思う樋口用高の右手はテーブルの上でお碗のような形を維持したままであった。ズボンの穴のことを深く考えこんだり不確かなウエイトレスの視線を感じたりするのもそれは他にすることがないからだ。樋口用高は外食をするとき必ずマンガ雑誌や週刊誌等を持ち込み待っているあいだ食べているあいだ食べ終わってくつろいでいるあいだ常にそれらを読んでいる。迂闊にもこのとき樋口用高はなにも持参していなかった。暇であった。細い路地をちょっと入ったところにあるこの店の前を通っていくひともいなくて窓の外を眺めてみても楽しくない。で、また紙袋の中身を確認したりさすったりしているうちに「本日のシェフのおすすめ」が運ばれてきた。

おまたせいたしましたとウエイトレスが、べつにすさんでいるわけではないのだが仮に樋口用高の心がすさんでいるとしたらそれを和ませるためであるかのような笑顔で、微かな音もたてることなくテーブルにのせた「おすすめ」はコロッケであった。真っ白い皿に小さな小さなコロッケが慎ましくのっていた。二個。「M」のような形でソースがかけられていてあとは極端に盛られたキャベツ。米。なんか変だなおかしいな、そんなことを思う樋口用高ではなく、もくもくと食べた。もくもくと食べているのだが落ちつかない。外食時だけでなく家でも食事中はなにかしら、テレビを観たりマンガを読んだり正面に父さん母さんがいたり、しているので本来ならば食べること以外にすることがないこの状況でこそ落ちついて食べられるのだが逆に落ちつかなかった。客が自分ひとりしかいないというのもまた落ちつかない。せまい店内もまた。もともと落ちつきのない性格の樋口用高は食べながらどこを見ればいいのか視線が定まらない。宙に視線を泳がせながらフォークとナイフを動かすのだが、ちらとカウンターに目を向けるとまたウエイトレスが自分のほうを見ていたりする。今度は自分のほうから顔を背けしばしおいてまた見るとまた見てる。ぐわと顔面が火照《ほて》った樋口用高は運命（さだめ）を感じた。太陽系のなかのたったふたつの点と点。そのふたつの点と点が一本の直線で結ばれた。本気（マジ）でそう思った。だから明日もこようと決めて事実勇んで足を踏み入れたのはいいのだが。

昨日とはまるで異なり忙しげに走りまわるウエイトレスは樋口用高のことなどまるでかまうことなく働いていた。メニューもなかなかもってきてくれない。注文ももちろん訊きにこない。ひとりとり残された時間が永遠かと思われて自分も含めて七人しか客がいないというのになにがそんなに彼女を追い立てているのだろう、深読みしてみれば、避けられているような気持ち。どこかへ行ってしまったあの気持ち。追い打ちをかけるようにずいぶんと待たされた挙げ句、がん、素っ気ない態度で置かれた「本日のシェフのおすすめ」は本来ならM字型であるはずがV字型のソース。コロッケ。みんなはパスタを食べているのに。ワインやシーザーサラダを中央にみんなパスタをすすっているのに樋口コロッケ食べている。惣菜パンにはさまれているかのようなそいつをくにくに食べている。特盛りキャベツも。シェフの野郎がなれなれしくウエイトレスに「マゴー、三番テーブル、よろしく！」などと声をかけるのを聞いて樋口用高は自分がひどく理不尽な扱いを受けているように思えた。誰かに会いたくなった。たまらなく誰かとくだらない談笑をしたいと思った。自作の4コマ漫画を見てもらいたいと思った。そんなもの描いたことなどないのだが切実にそう思った。いつまでも空っぽのままのグラスが冷たく濁る。コロッケふたつを食べ終えたときの口内の異物っぽい感触は吐き出すまでもなく陰毛で吐きだしてみるとやはり陰の毛。まわりは軽やかに華やかに。みっつ花が咲いたひとつしおれた。

古川くんの携帯に電話してみると仕事中邪魔という返事なので、あ、ごめんねと言って切ろうとしたのだが古川くんが「嘘いいよこいよ」と言ってくれたので樋口用高はどっちと訊ねた。ステイションということで樋口用高は駅に向かった。古川くんは樋口用高よりも八年も前に生まれた二十七歳で仕事はもの売りだった。売っているものはといえば、それはいろんなもので、たとえば高性能スキャナーとかフランス人が描いた抽象画、壺、生肉などであった。それらを駅前などの出店で売っていた。会うたびに商品が変わっていた。出会ったのもその商売がきっかけで、騙されて贋手裏剣をつかまされたのが最初だった。

「正真正銘・実際に忍者が使用していた各種手裏剣」というその品を樋口用高はひとつ手にとってみた。十字手裏剣はずしりと重量感があって本物かもしれないと思った。えい、や、などと言いながら投げる動作をしていると背後で拍手喝采。やあ、さまになっているじゃないか！　店主・古川くんに言われた。樋口用高は『忍術の心得』という本を読んだことがあるんだと誇らしげに答えて「我が身すでに鉄なり、我が心すでに空なり」と千葉真一の真似をしたがまるで似てなかった。なるほどなるほどと感慨深げにうなずいた古川くんは「桜の樹ぐらいまでならかるく突き刺さるはずさ」と言った。翌日の樋口用高がさっそく小学校の校庭で桜の樹に向かって十字手裏剣を投げてみると、剣先がかたんと折れた。そいつはベニヤ板にすら突き刺さりそうもなかった。小学生に砂をかけられた。樋口用高はふたたび駅前に行って古川くんに抗議したのだがやりこめられた。すでに手裏剣など売ってなくてその日は高級ふりかけを売っていた。「まあまあ、こんなものだってあるんだから」とかそんなことを言って古川くんが見せてくれた写真には古川くんとライオネス飛鳥さんが肩を組んでおさまっていた。五百円でいいよとのことだったがさすがにこれは樋口用高も買おうとはしなくてライオネス飛鳥さんとは知り合いなのと訊いてみるとその女はライオネス飛鳥さんではなくてヨコタミキオという ぼくの親戚の男だということだった。それで大事なのはそういうことではなくて（ヨコタミキオをライオネス飛鳥さんだと偽って売ろうとしているわけではなくて）ヨコタミキオ氏の左肩にのっかっている「手」こそがポイントなのであった。「この左手はぼく（古川くん）の左手に見えるかもしれないがそうじゃないんだ」「というと？」「ぼくはこのとき両手とも背中にまわしていたんだ、だからこの左手はぼくのものではありえないんだよ」「まさか！」「うん。つまり心霊写真というやつだね」悩んだ末に樋口用高は四百円でその心霊生写真を買ってそのまま手裏剣のこともうやむやに終わった。のちになって、手裏剣を買ったのはきみだけだったああいうのはあまり売れないようだ十手を仕入れようと思っていたがどうも難しいかもしれない試しにひとつだけ仕入れたこいつはきみにあげるよと錆びた十手をもらって樋口用高はこういう商売も大変なんだなと思った。古川くんがどのようなルートでいかがわしい商品を仕入れているのか樋口用高は知らなかった。教えてくれないのだ。

駅前に行ってみるとこの日の品はアイドルのブロマイドやポスターであった。当然違法の商品ばかりなのだが、なかには名前と顔がまったく一致していないかなりデタラメなものもあった。一児の母ふうな客がひとりいて、スーパーアイドル・江尻五郎の肉筆メッセージ付きトレーディングカード（1ボックス）を手にして悩んでいた。気の毒に思えるほど悩んでいる客に聞こえるよう、樋口用高がわざとらしく、やあこいつは安いやお買い得だぞ、とか声を出して工藤兄弟のアイコラ写真集（古川作）を買う素振りを見せるとその客もつづいて江尻五郎を買っていった。ありがとうございます豪快堂これからもどうぞよろしくホームページも開設しておりますと古川くんは言った。「これ、本物？」「ある意味な。学校はまだ休みか」もうすぐはじまる、と答えてから樋口用高はどうなの、アイドルと訊いた。「いいね」と古川くんが言うとまたひとり若い女がきてドラゴン・アッシュの卓上カレンダーを買っていった。「この子ら、ほんとに売れるよ、ヒット商品だよ」

日が暮れてくるとまだ少し寒い。ああそうだ頼まれてたものを入手したよ、今日はなかなかの売り上げだったもういいや閉店にしよう、古川くんが言うので樋口用高も手伝って（グッズをボストンバッグに詰めてテーブルをたたむだけだが）、そのまま古川くんのアパートへ向かった。樋口用高が頼んでおいたものというのはＳＦ映画に出てくるような近未来テイストの通信機でできることなら実際に映画（『スタートレック』など）にでてきたようなものがいいのだがそれっぽいものならそれでもいいからというものであった。頼んだときに「ところでその近未来テイスト通信機を入手することができたとしてきみはそいつをどうするんだ？　ひとつだけで」古川くんが実にもっともな疑問を投げかけてきたのだが実際に手に入れてみるとたしかにこいつをどうするのだろうかぼくは、と思う樋口用高であった。で、古川くんが入手してきたものはやっぱりそれっぽいものだった。近未来テイストではあるのだが現実の世界はそのかつての近未来を追い越してしまっているので逆に古くさい。なのに七千円とられた。

「ファッショナブルさ、みんなファッショナブルなのさ」古川くんは断言した。

古川くんに恋の悩みを相談することが有効なのかどうか際どいところであると思ったのだが他に話せる友人もいない。六畳の部屋で近未来テイスト通信機のパーツをいじりながら樋口用高は古川くんにウエイトレスの女の子とのいきさつを語りどうやらぼくの勘違いで彼女はぼくのことなんか気にもとめてなくてというよりどちらかというと嫌がっていてどうしてだろうなにがいけないのだろう明日も明後日も行こう毎日のように店に通ってぼくのことを彼女の世界に刻みつけてやろう印象づけてやろうとさっき故意にテーブルに聖書を置いていったのだけれども失敗だったろうか軽率だったろうか。すると古川くんは、それはきみがダサいからなのさ、と、やさしく言ってから前述の言葉を吐いた。

「このチノパンは買ったばかりなのに、もう流行ってないのかな?」「いや、そいつは違うぜ」古川くんはコーヒー飲むかと流しで湯を沸かした。「なにが違うの?」「違う、とにかく違うのさ。きみにはまだわからないだろうが」ああそうなんだ、なんか違うなって思ってた、おかしいなって気がしてた。というのはすごい嘘で樋口用高はいま自分がはいているズボンがチノパンであると信じ、疑ってなどいなかった。いや、そこには「これチノパン?」⇩「うんチノパン」という思考的段階など存在すらしてなくて、ただもうチノパンであったのだ。それはともかく樋口用高は決して自分がダサいとは思ってなかったがやはり周囲を見まわしてみれば皆ファッションには金を惜しんでいないようだから惜しむぼくはそれなりにダサいということでそれはやはり致命的なことなのかと、嘆息した。

古川くんは言った。「あきらめることができそうにもないのなら、手がないこともないだろう。作戦は、あるんだ」古川くん語る「手・作戦」とは実に簡単なことでそれは樋口用高がファッショナブルになればいいということであった。いれてもらったコーヒーを飲みながら樋口用高は具体的には？　と古川くんに訊いた。その答えもやはり簡単明快なもので巷にあふれかえるファッション雑誌を読みあさって当節流行中の服飾を研究してヤングが集う専門店に赴きそれらを購入して着て、そして、いこう！

「もちろんただ模倣すればいいというわけでもないだろう。そこにはやはり自分らしさも必要だろう。服だけではなくて音楽やドラマ、小説や映画、哲学やマンガの最新モードにも敏感になっておくべきだろう。ああそうだこれを読め」古川くんは数日前まで扱っていた品であるサイン本を一冊それと畳に放りだした。「彼女はファンク」と樋口用高は声にだした。「これ、なに？」「バカみたいに売れなかった本さ。売れなくて困っている本さ。逆にこういうのを押さえておくもいいよ」「役にたつのかな？（バカみたいに売れなかったのに）」「そんなことわかるもんか。おれは読んだことないんだから――」でも、と古川くんはつづけた。「これだけは言える。ウエイトレスという人種はたいてい小説好きだ。経験上それは間違いない。読むしかないんだよ！　どうにかしたいのだろ。果してウエイトレスのものかどうかもわからない（むしろシェフのだろ）縮れ毛をハンカチーフに挟み込んで大事に保存しておくなんて、埒もないぜ」

「な、なんで、なんで知っているの？」「そんなことはいいから、見ててやるから、いま読めよ」「いま、ここで、読むのかい？」強くうなずく古川くん片肘ついて横になりじっと樋口用高を見つめる。両目とも視力０・２の古川くんの射るような視線を受けて樋口用高は本を手にとる。

樋口　ぼくなんかに、できるだろうか。
古川　できるさ、なあ、やってやれ、だろ！（拳を握りしめる）
樋口用高が唇をきと結んで本を読もうとすると、古川くんがその前に忘れないうちにと左手を差し出してきた。定価でいいよ気にするなよさあ読めよこのやろうとのことで樋口用高は本代千七百円を釣り銭なしで支払った。古川くんは金を受けとって、領収書のつもりか日付と金額を書いた紙をすっと樋口用高に手渡した。そしてそれらの動作と連続してぐっと樋口用高に近づいてきた。
いまだ誰ひとり目にしたことがないような、染みひとつない、可憐なまでに美しいハードカバーの単行本、『彼女はファンク』のページをめくると、太くてぬるい風が吹いた。そしてそこでは、いくじなしの「ぼく」が泣いていた。

※

ナイス・ヘアー、グッド・ヘアー、ひぐっち！　さあ、いこう。

そんなふるかわ君の言葉でぼくは空にまいあがり、引力に逆らうことなく落下した。少しだけ涙が出た。もちろんそのままぼくは地べたにひれ伏して嗚咽《おえつ》をもらしつづけていたわけではなく、また、それはこの予想もつかない展開を見せることになる長い物語の発端でしかないのだが、とりあえずここまでの道のりを、駅と駅のちょうど中間地点にあってバスも通っておらず自転車すら所有していないぼくがそれでも最近三日と空けずに〈まごころ古書〉に足を運び、ふるかわ君のアドバイスどおり従順に美容院にまで行ってヘアーをカットしてもらい、身も心も軽やかに羽ばたき落下することになるまでのいきさつを、語るべきだと思う。以下。

一カ月ほど前のことだ。うらうらとした日曜日の昼下がり、ふと思い出したようにぼくは〈まごころ古書〉まで歩いた。店に入って驚いたのは、「いらっしゃいませ」と声をかけてきたのがいつも（天気のいい暇な日曜日ぐらいしか行かないが）の爺さんではなくて若い女の子だったからである。それにいつもの爺さんは「いらっしゃいませ」などと声を出さない。ちらりとこっちを見るだけですぐにテレビの時代劇に戻ってしまう。この日の店内には、よくわからないが、レゲエのような曲がＢＧＭとして流れていた。アルバイトを雇うということはいつもの爺さんは体調でも悪くしているのだろうか、ほとんど座っているだけの仕事のように思えるがそれすらできないということはかなり悪いのだろうか、そんなことを勝手に考えながらぼくは棚の古本を物色していった。左から右、左から右へと一段ずつ視線を動かしていった。散歩のついでに来たようなものだったので、とくにこれといって探している本があるわけでもなく、ときおり目についた本のページを無意味にめくったりしただけだった。「あ行」から順に見ていって真ん中あたりの「な行」ほどで今日は収穫はありそうもない、といったようなことをぼくは漠然と思った。そういう根拠のない、そしてどうでもいい予感はよく当たる。目的がないということも手伝ってか途中からかなりいい加減にぼくは並べられた本を眺めていた。

個人経営の古本屋で店番をしている男も女も老いも若きもたいていは愛想が悪いと思

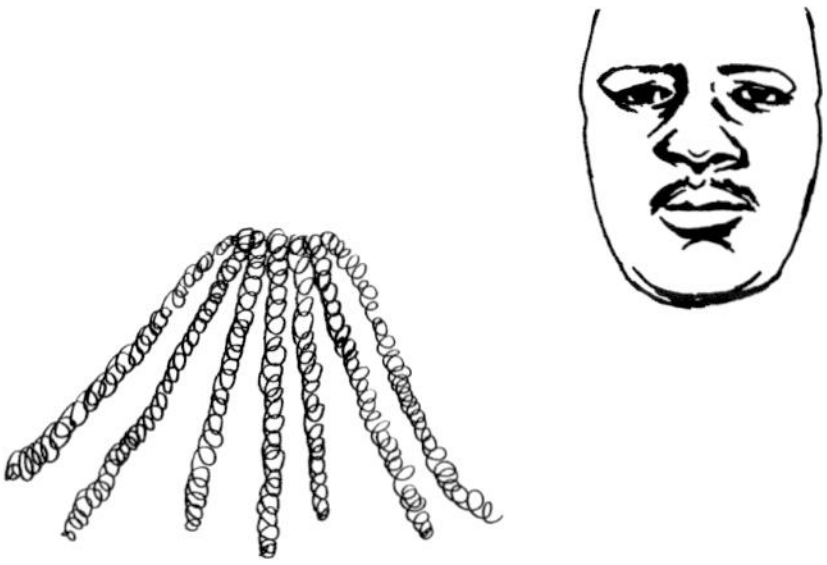

う。ドアを開けてもあまり反応はない。なんの挨拶もない。そしてぼくら（と言わせてもらうが）はそれがあたりまえだと思っている。つまりそういうことを誰も期待していない、ということで愛想が悪いことに不快感を感じることはない。ぼくも感じない。例に洩れずこの〈まごころ古書〉の爺さんもそうだった。ところがどうだろう、爺さんの代役として店番をしている彼女の愛想のよさは。「いらっしゃいませ」と快活に言った彼女はぼくがやって来るまで読んでいたのだろう文庫本をぼくがいるあいだずっと閉じたままで、ふたたび開くことはなかった。彼女はずっとぼくのほうに注意を向けているわけなのだが、それは決して万引きをしそうだとか粗末に本を扱ってはいないだろうかなどの行動を警戒しているようではなく、ただ、ほんとうに店番をしている、といった感じで、とてもいいとぼくは思ったのである。

　特価本コーナーと区分された棚の上に『江戸川乱歩全集』が何冊か並んでいた。その全集は横尾忠則などが挿絵を描いているやつでぼくが集めているのと同じ講談社刊のやつだった。欠けている巻を探そうと顎を上げて棚の上にじっと目をこらしているとアルバイトの彼女が「あ、本、とりましょうか」と脚立を持って近づいてきた。ぼくが答えるまもなく彼女は脚立にのぼって頭上の『江戸川乱歩全集』にすっと手をのばした。はらはらと埃が舞った。並んだ数冊の両端を右手と左手で押さえつけて彼女は一気に下ろそうとしたのだが押さえる圧力が足りなかったのか「きゃっ」という声とともに本が崩れて二三冊が落下してきた。そのうちの一冊の角が、脚立にのぼった彼女のおしり辺りをだらしなくぼうと見つめていた、ぼくの脳天を直撃した。こんなとき、必ずと言っていいほどたいしたことでもないのに、いつもぼくは流血したと確信してしまう。頭をさすってみた。もちろん本（いくら分厚いとはいえ）の角ごときが直撃したぐらいで血を流すわけもなくただじゅんじゅんと鈍い痛みを感じるだけだった。

「だ、大丈夫ですか？」うずくまるぼくにそう言った彼女は手元に残った『江戸川乱歩全集』をわきに抱えて脚立を降りてきた。ぼくは右手をあげて、大丈夫だというジェスチャーを示した。「ごめんなさい。ほんとにすみません。ちょっと、ちょっと待っててください」と言うと彼女はささささと小走りで店の奥に入っていった。

痛みは想像以上にひどいような気がした。想像した痛みがどれほどのものかもよくわからないのだが、そう思った。ようするにオーバーなのだ。しゃがみこんで、うまく思考がまとまらない頭でそんなことを考えながら直撃した本を手にとってみるとそれはぼくが持っていないやつの一冊（第十巻・幽霊塔）で、漠然とした予感は見事に外れたわけだが、うらうらとした日曜日によく似合うような、いい気分になった。

彼女はでこぼこになった金だらいを危なっかしい足どりで運んで来た。茶巾絞りで素早く水気を抜いた手拭いをぼくの頭にのせると彼女はまた謝った。平気ですと答えたものの、じゅんじゅんとした痛みはまだ居すわっていて、そして濡れた手拭いは正直あまり役にたっていなくて、ただぼくの髪を少し湿らしただけで、また、目一杯に水を汲んだ金だらいをふらふらとここまで運んでくる必要はあったのだろうかなどと思った。せまい〈まごころ古書〉はなんともいえない中途半端な空気に包まれていた。痛いことは痛いのだがそれは身動きがとれないほどの痛みでもなくてまた手拭いはありがたくもなくぼくはどうしたらいいのだろうと戸惑い、また彼女も冷やした手拭いを患部にあてるぐらいしか自分にできることはなくてその行為はもう終わっているのだからこれ以上ここにいてもしょうがないと思っているのだろうが原因が自分にある以上はほうってはおけないと戸惑っているようなのである。だからしかたなくぼくが言った。

「これ、ください」

彼女は一瞬ぼくの言葉を理解できなかったようで、てく、と首を傾げたのだがすぐに了解してでこぼこの金だらいを奥へ運んで『江戸川乱歩全集・第十巻』を丁寧に包装した。包装紙に折り目をつけながら彼女はなんどもすみませんとぼくに謝った。ぼくが平気ですからと答えて財布をとり出すと彼女は本の代金は勉強させてくださいと言ってきた。ファンキーなことを言う女の子だなとちょっと笑いながらぼくはべつにそれならそれで、代金を払わなくても、いいとは思ったのだがあんまり従順にやあそうですかと言うのもなんだから、いや、それは、などと一応ソフトに断った。すると彼女は、いえ、ほんとうに精一杯勉強させてくださいと言って包みをぼくのほうに押しつけてきた。

と、こんな嘘くさい出来事の過程、彼女の言動や、しぐさ表情などによってぼくが彼女に特別な感情を抱いたのかというと、そうとも言えなくて、後々のかるい接触において か、またはあれこれいってやはりこの日のうちにかもしれないが、とにかくいつのまにか、ぼくは彼女のことを好きになっていた、としか言えない。もうしばらく冷やしておいたほうがいいと思います、と言ってきかない彼女に反論することもなくその日はとりあえずそれだけで、ぼくは〈キャベツ畑銀行〉の手拭いを頭にのせたままとことこと歩いて遠い道のりを帰っていったのである。

　翌日ぼくは手拭いを返すという名目で仕事帰りにふたたび〈まごころ古書〉へ行った。店にいたのはいつもの爺さんだったので前日のことを話して手拭いを返した。店にいたのがいつもの爺さんだったので損をした気分になったのはやはり先日のうちに彼女に対してある種の特別な感情をぼくが抱いていたということだろうか。いつもの爺さんはどこも悪いようにも、決して病み上がりのようにも見えなかった。それから四日ほど〈まごころ古書〉に行かなかったのは店にいるのがいつもの爺さんであったらたまらないからである。

　わざわざ行ってみていなかったら、と躊躇できたのも四日が限度で、ぼくはまた〈まごころ古書〉に足を運んだ。その日店にいたのが彼女であるとわかった瞬間のぼくの若々しいまでの躍動感は自分でも予想以上の跳びっぷりで我ながら少し恥ずかしかった。ぼくがなかに入ると彼女はこの前と同様に、いらっしゃいませ、と言って、あ、この前はどうもと頭を垂れた。「なんともありませんでしたか？　吐いたりしませんでしたか？　おかしな幻覚を見たりしませんでしたか？　朝、いつまでも眠りつづけませんでしたか？」ぼくは吐いてない、幻覚も見てない、朝もいつもどおりに起きました、ご飯もきちんと食べました、変わらない日々でしたよと答えた。「よかった。あ、手拭い、わざわざありがとうございました」「いえ、そんな。こちらこそ御厚意にあまえてしまって、なんか得した気分」

「お互いさまですね」彼女はまたファンキーなことを言った。

　ぼくは、こんなやりとりの最中に、やはり江戸川乱歩全集脳天直撃事件も時の流れとともに薄れていってしまうのだろうか、と思った。結果的にいいきっかけになってくれたわけだが、いつまでもこのことを種として彼女と会話するわけにもいかない。というか、それはいやらしい。彼女だっていつまでもぼくが来るたびに、この前はどうも、なんて言うわけがないのである。そんなわけで妙な焦燥を感じたぼくはなぜか切ない気持ちになって、たいして欲しくもない文庫本を二冊買って帰った。

二日後にまた行った。行かずにはいられなかった。店に入って彼女がいると素直に嬉しいのだが帰りには虚しくなってしまう。どうにかしたいと思うのだがどうにもならなくていやになる。なのにすぐまた足が向いてしまう。二度三度と行く回数を重ねていくうちに〈まごころ古書〉までの道のりを面倒だと思うことはなくなってあたりまえのように三日と空けずに店に通うようになっていったが、何度行ってもアルバイトの女の子のシフトはどうなっているのか、何曜日の何時から何時まで働いているのか、その法則性をつかむことはできなかった。面倒ではなくなっていったわけだが、やはり爺さんがいると不機嫌になることに変わりないのは彼女のことが好きだから。五回のうち三回は彼女がいる日だった。貴重なその時を最大限に活用すべくぼくはぼくなりにいろいろと考えた。

――江尻五郎の本はないかな？　ぼくは彼女にそう訊ねる。懸命になって彼女は本棚を探し帳簿かなにかをめくる。ぼくはそんな彼女の動きをそっと見つめる。もちろん江尻五郎の本は見つからない。なぜなら江尻五郎はでっちあげた架空の作家だからだ。おや火事かな？　サイレンが聞こえるね。え？　聞こえませんよ。近くですか？　サイレンは鳴っていないから近くでも遠くでも火事は起きてないだろう。気をつけないといけないねとぼくは言う。ほんとにそうですねと彼女は答える。ぼくはなにかと棚の上に並べられた大きな本を手に取りたがる。彼女はそのたびに重い脚立を持って来る。ありがとう。あるときぼくは代金に二枚の十円玉を彼女に見せる。昭和五十六年と平成二年の二枚だ。昭和コインは艶やかに光っていて平成コインはどす黒い。こっちのほうが古いのにぴかぴかだ不思議だね。そうですね——等々。そんな空想をしてぼくは楽しみ、強引に彼女とのささやかな回路接続を図ろうとした。もちろん接続なんかしてなくて、ほんの一瞬距離が縮まるような気がしただけだ。ほんの１ミリ距離が縮まり、ぼくは楽しく、愛をリリース。

いつまでもなにも変わらなかった。縮んだ距離が店を出るときには元に戻っているのは最初から縮んですらいないからだ。もがいてももがいても一向に距離が縮まることがないのは、楽しんだぶんだけ虚しくなるのは、無用の本が日々増加していくのは、ぼくがなにもしてないからだ。もがいてすらいないからだ。

〈まごころ古書〉からの帰り道にぼくはいつも嘔吐しそうになる。というか、吐いて、いけない、吐いてはいけない！　摑み取ったものすべてが道端に呑み込まれてしまう！　思いながら必死に抗うのだがぼくは吐く。吐瀉《としゃ》物はやはり吐瀉物でしかない。なにも表さない。こんなことに煩わされていたのもずいぶんと前のことで、ようするに恋をすることが新鮮に感じられるほど久しぶりで、でも、完全なる勝利と敗北が混濁したような面妖な気持ちで、実のところぼくはこんな状態に満足してしまっているのではないだろうかと思い、太陽系の無作為に選ばれたふたつの点は永遠に一本の直線によって結びつくことはないのだろうかと、どうしたらよいのかと、それがわからないのです、うだうだぼくが開陳していると、ふるかわ君は言った。

「つまりはヘアーさ。みんなヘアーにはこだわっているのさ。男の子もみんな美容室でヘアーをカットしてもらっているよ」ぼくは前髪をもてあそびながら、そうなの、と言った。「ひぐっちのヘアーはどうしようもないヘアーだからなあ」「ヘアーヘアー言われるとまるでぼくの陰毛がどうしようもないみたいじゃないか。まるでふるかわ君がぼくの陰毛に精通しているみたいじゃないか。まるで——」あーっはっはっはそれはケッサクだ、と馬鹿笑いしてからふるかわ君は言った。「モヒカンなどはどうだろうか、いや、真面目にさ。ひぐっちはタイコ叩きだったのだろう?」「誰のこと? いままで音楽活動なんてしたことないよ。リコーダーぐらい」「そうか、違うか、ふむ、まあいい。とにかく、どうにかしないと。その女の子はなにか、あたいこんなヘアーが好き、とか会話のはずみに洩らしてなかったかい?」ふるかわ君の言葉に卑猥な想像をして赤面してしまったのはともかく、そういう若々しく自然な会話がぼくと彼女とのあいだで交わされたことは一度もない。それに彼女は自分のことを「あたい」なんて言わない。と、思う。しばらく考えてから関係ないかもしれないがと思いつつぼくは言った。「レゲエなんかを好んで聴いているみたいだけど」ぱっちんと指を鳴らしてふるかわ君は言った。「そいつだ!」以上。

ドレッドヘアーのお披露目にとぼくがキックボードを駆って〈まごころ古書〉へと行った日の店内のBGMは武蔵野たんぽぽ団であったのだからたまらない。ふるかわ君にナイス・ヘアーだぜなんて言われていい気になってたそのときのぼくは県内一のぬけ作だったろうと思う。彼女の反応はというと「いらっさ……」だなんて、「しゃ」を「さ」と言い間違えてなおかつ最後まで言うことができずになぜか反射的に音楽をとめた。とくに進展などなにもなかったけど、これまでにこつこつと積み上げてきたものなんてまったくないのだろうけど、それでもぼくは、ブランニュー・ヘアーのぼくは、飛躍的進歩を盲信していたぼくは、ずるると崩れた。目の前にいる男・まぬけなぼくはドレッドヘアーなどではないかのように、なにごともなかったように不自然なほど自然に、彼女はいつもの彼女自身を必死になって演じているように、ぼくには見えた。

彼女は呼ばれて店の奥へと消えてしまって空虚なラジオ番組が流れていたけど、もちろんこの話はこれで終わるわけではない。いくじのないぼくはいまだに始めることすらできずにいるのだけれども、ひどく淀んだ毎日で、なにもかも終わってしまえ、なんてふうに考えてしまうのだけれども、それでも時間がゆっくりと流れているように感じてしまうのは、それでもやはりぼくが明日に期待しているからかもしれない。

やまもとまごころ。彼女の名前だ。店の奥（おそらく住居だろう）から母親か祖母かが「まごころぉ、ちょっと」と彼女を呼ぶのが聞こえた。やまもとまごころ。いい名前だと思う。〈まごころ古書〉の〈まごころ〉とは彼女の名前からとられていたのだ、たぶん。彼女はアルバイトとして雇われているのではなく家業を手伝っている年頃の娘なのだ、たぶん。ふと、ドレッドヘアーのぼくは自分がいままで彼女の名前すら知らなかったことにあらためて気づいた。そんなわけで、ドレッドの毛先をもてあそびながら、まごころちゃーん、まごころさん、まご、まごころ、いや、まごりん、どう呼ぶのが一番しっくりする

のだろうかなどと、いつものぼくなら考えを巡らせていたかもしれないが、できなかった。しなかった。彼女の名前を知る、つまりそれは素敵な天からの贈り物であったにもかかわらず、ぐっと距離が縮まったにもかかわらず、ではそのときぼくがなにをしていたのかといえば、予定調和に身をまかせてくじけてた。くじけるというのは快楽に近い。あの頃とまるで変わっていない自分や、この先も変わらないであろう自分、そんな自分たちがゆらゆらと立ち上がってきた。なすがまま、彼女と入れ代わりで店番を始めたお爺さんにドレッドを凝視されたまま、ぼくは特価本コーナーに陳列されていたなかの一冊、あの頃、現役男子高校生だった頃に夢中になっていたF組の女の子が読んでいるからと自分も万引きして手に入れて読んだ小説、『アタリ・ティーンエイジ・ライオネス』の頁をめくっていた。桜満開並木道、そう、この小説はそんなふうに始まるのだ。

※

桜満開並木道。夜桜か、生きているね風流だね、そんな雅びな思考に浸るわけでもなくかれは静かに長い、道のりを長い、時間にわたりどこまで行くのだろうかと怪しく思いながらも常に、一定の距離を置いてつかず離れず山本まごころの、あとを歩きつづけていた。静かな夜。発情期の猫が鳴いた。見まわすと辺りには五、六匹の猫がいた。まとわりつく一匹の猫（車に轢《ひ》かれたのかまるで生八橋のような姿をしていた）をかれが追い払おうとすると肩から腋にかけてぐるぐる巻きにしたガムテープがみりみりぴきみりみりと音をたてた。どきっとして、すす、息を潜めて電信柱と一体化したつもりになったものの何事もなかったように歩きつづける山本まごころのうしろ姿を確認してふうと安堵し電柱から身を離した刹那、ずぼ、かれは溝に足を突っ込んでぶっ倒れた。溝に嵌《は》まった左半身の頭からつま先までぬらぬらした不快な物質が余すとこなく付着して悲惨なことこのうえないのだが負けるものかと非常に大きい音が響いたもののやはりどんな反応も示さずに威風堂々歩みゆく山本まごころの腰辺りを見つめて、なぜかあらためて、いい、と思うかれはすでに三時間も歩きっぱなし。猫は死んでいた。

ビールでも飲もうよ、やろうよ、といったお決まりの誘いをかれは断って、無理に、というかぞんざいな態度で雑用を他のイベント・スタッフに押しつけ、宴の余韻に浸って帰路につくのかつかないのか会場周辺でいつまでもとぐろを巻いて怪気炎をあげるコスプレーヤーの群れからどうにかGジャンに着替えた山本まごころの姿を探しだしたのであった。かれは、やあ（どうも）、自然に快活に不自然にならないように声をかけるつもりで右手を中途までは挙げたのだが、つづかなかった。もすこし邪魔な連中が失せてからのほうがいいな、うむ、そのほうがきっといい、そう考えてのことであった。邪魔な連中？いや、彼女はひとりで歩いていたわけだからそんな連中なんてどこにもいなくて、ただその他無関係のコスプレーヤーでごった返している状況において人目を気にせず、やあ、などと軽々しく声をかける勇気なんてまるでなし、それだけのことであった。同様にでっちあげた様々な理由によって結局のところ二の足を踏みつづけてかれは山本まごころに声をかけることなく、ただひたすらに彼女の背中を見ながら歩きつづけていた。たとえばギルだとか微笑三太郎だとか鬼形礼、ジョニー（ナゾのブルガリア人）といったコスプレーヤーらが忍び寄る気配は微塵もなく山本まごころはずっとひとり、均一な住宅街の桜並木沿いを歩いていた。

かれ、すなわちＤＪキャベツはコスパ専門のＤＪである。コスパとはコスプレ・パーティーのことで、つまり思い思いのコスチューム（アニメや漫画、ゲームなどのキャラクターを模した自作の衣服）で着飾った若い男女がダンスフロアに集い踊ること。そのコスパでのみ活動しているＤＪキャベツのプレイテクに対する評価はひどく曖昧である。なぜならコスパに集う連中はＤＪにあまり関心がないからだ。かれがフロア右前方のブースでヘッドフォンを半端にかけてせわしげにかくかく動いてなにをしているのか、理解しているものはごく少数である。が、その少数・プレイを吟味できる限られたごく一部の連中はかれのプレイに酔いしれている。ＤＪキャベツ目当てに集まる連中も少なからずはいるのだ。かれのオリジナル・プライベートテープ「ノンストップ・アニメソング・タフガイ（風の章）」が熱狂的ファン（あくまで少数だが）のあいだで裏取引されている事実がそれを示している。宅録で製作した自分のオリジナル・テープがいつのまにやら複製され売買されているということをＤＪキャベツも知っている。そしてかれは、あのこもおれのテープを買ったりするのだろうか、と、いつも思ったりするのである。

ＤＪキャベツがいう「あのこ」とはもちろん山本まごころのことである。彼女はいつもＤＪブース付近で踊っている。ＯＨ　ＹＥＡＨ！　右手を旋回させてコスプレーヤーども

を煽動（しているつもり）するDJキャベツが山本まごころに熱い視線を送るのはなにも彼女がいつもアイパー・ピンク（「南国戦隊アイロン・パーマ」の紅一点キャラ）のコスチュームを身にまとっているからというわけではない。もちろんそれも重要な点なのだが、なにもアイパー・ピンクのコスプレをしているのは山本まごころだけではない。というか、かなりいる。人気のあるキャラクターなのである、アイパー・ピンクは。つまり、それだけではないもっとちがう彼女のなにか、かれにもうまくは言えないのだけれど彼女が彼女であるところの内なる魂のようなものに強く惹かれている、そう自分では思っている。

アイパー・ピンクではない山本まごころについて、DJキャベツはなにも知らない。山本まごころはいつだってアイパー・ピンクであり、それ以外のなにものでもない。常に一定の距離を置いてかれと彼女はそれぞれの位置に立っている。決して遠くはないのだが、近いわけでもない。存在感の希薄なDJ、そして不特定多数のコスプレーヤーのなかで踊るアイパー・ピンク。ただそれだけである。DJのかれはターンテーブルにレコードをのせる。アイパー・ピンクの彼女は跳ねる。跳躍彼女。ほんの数センチだけ宙にまいあがる彼女を目の隅において、DJは左耳で次曲のBPMを調整する。そして全体を見まわしてうなずく。やはり彼女が一番であると。その他大勢のアイパー・ピンクは似て非なるものでしかない。エブリナイト、跳んでるクイーンであるアイパー・ピンクこと山本まごころだけのためにDJキャベツは「テレポーテーション〜恋の未確認〜」から次の曲へ。彼女のためにカットイン。そしてスピーカーから流れでるこの、メロディーはリズムはライムは届いているのだろうか、あのこに届いてはいないのだろうかあのこに、ＤＪにはそれがそれだけはいつのときもいつだって、わからないのさ。

今日もいつものすいみん不足／カラダがほてってきちゃったよ／たくさんやることはあるのに頭がちっともはたらかない／あのこがわたしをなやませる／わたしがあのこをなやませる／みんながみんなをなやませる／みんなは心をいためてる／ああ空はこんなに青いのに／風はこんなにあたたかいのに／太陽はとってもあかるいのに／どうしてこんなにねむいの／すいみんすいみんすいみんすいみん／すいみん不足

いくつもの角を曲がり、コンビニエンスストアに立ち寄ってペットボトルのウーロン茶を購入する山本まごころを店の外で見張り、杉の樹が繁る神社を抜けて右に曲がり左に曲がり坂を下り、していると映画のセットのような乾いた商店街にでた。その商店街（パラパラ銀座）は左右にのびていて山本まごころは左へと足を向けてすすんでいった。商店街の終わりとともに道は右へと緩やかにカーブして国道らしき大きな道に合流した。四車線ある車道にしては交通量が少なく、沿道にはうらぶれた釣り具店、散髪屋、ロードムービーのロケにでも使われそうなスタンドコーヒーショップなどが点在していて、いかにもさきの商店街の延長上にあるといった感が強くて侘しいことこのうえないのだが大きい道・でっかい道を歩いているということでＤＪキャベツは安堵した。ずいぶんと長い時間を歩きつづけ、とうの昔に現在地を把握することもできず無事に我が地域に帰還することができるのだろうか、山本まごころも気になるがそっちのことも気にかかっていたのである。山本まごころはスキップしながら車道を横断していった。遠くから鈴の音が聞こえてきた。

暗闇のなか、ひとつ、ふたつ、みっつの光が交錯して衆は踊る、ダンス、といってもコスプレーヤーたちのダンスはダンスと呼べるような規則性を伴った動作ではなく、よくいえば自由である。つまりは適当にやっている。コスパはいつだってざっくばらんに進行している。カメラ片手にフロアを徘徊するものもいる。目についたコスプレーヤーと並んで記念写真を撮るのだ。「象さんのすきゃんてぃ」が鳴り響くなか、ブース周辺にひとが集まっている。ささやかな輪の中心にはアイパー・ピンクがいる。ギルだとか微笑三太郎だとか鬼形礼、ジョニー（ナゾのブルガリア人）といった面々が代わる代わるアイパー・ピンクと並んでカメラに向かってヴイサインをしたりファイティングポーズを決めたりしている。かなり破廉恥な体位各種を披露し、被写体となっているアイパー・ピンクの背後にしゃがみこんで一心不乱にシャッターを押す輩もいる。山本まごころは他のコスプレーヤーからも人気がある。アイパー・ピンクのコスチュームはたしかに挑発的で、彼女こそがその衣装をまとうのに最もふさわしい女性であるとＤＪは思う。彼女がファンクなたびに極ミニスカートの裾がはためく。彼女の気を惹こうと試みたアンドロメダ侍のコスプレは失敗だったと後悔先に立たないＤＪキャベツ、自分こそがほんとうに山本まごころとのスナップ写真欲しいのだと強く思うのだがそれは難しい。かれはこの、一国の城、とでもいうべき自分のＤＪブースが恨めしい。フロア全体を見下ろせるだけのこの場所が。

自分が機材の点検やら後片付けといった雑務に追われているあいだ、また運営スタッフその他諸々等とともにビールなどを酌み交わしているあいだ、ごく一部の熱狂的ファンと不毛な会話を交わしているあいだ、たとえばギルだとか微笑三太郎だとか鬼形礼、ジョニー（ナゾのブルガリア人）といった面々と彼女は山本まごころは、妙に一体感がわき起こってしまうようなパーティー終了後の夜更けた街なかにくりだしていくのだろうか、ＤＪはそれだけが気になる。いつもバラ色に燃えてこの胸ときめくつぼみから花へ私はマチコいぇいいぇい、横一列に肩組み足並みそろえてアメリカ通りを闊歩しながら「私はマチコ」を歌唱する彼女とかれらの不吉な情景を想像してはいてもたってもいられん気分になって、あーん、悶えるのだがＤＪキャベツはあーんと悶えるだけ悶えてそれで終わる。頭のなかのあのことその他がとても楽しげだからといって、なにも自分もそういった列に加わりたいと熱望しているわけでは決してないのだが、参加したい・参加したくない、でいえばどうしたって「参加したい」を強く希望するのです。

　車道を渡って左折すると駐車場があって、とてつもなくオンボロな車が数台無秩序に停めてあるその駐車場を突っ切って十段ほどの階段を降りてしばらく行くと、あまりにも唐突に無残な土産物店を両脇にかまえた石畳を敷いたような道にでた。ほとんどすべての店の屋根は陥没して窓ガラスは割られ、道にはアイスのクーラーボックスなどが横転していた。「日本刀あります」という幟《のぼり》が突き刺さった自動販売機の飲料水の値段は一本百六十円であった。彼女は浮浪児なのではないか、ＤＪは思った。これらの廃屋のどこかで寝起きしているのではないだろうか、きっとそうにちがいない、ＤＪが決めつけたのは居並ぶ店先で多国籍な若い男の子・女の子が寒くもないのに焚き火を囲んで輪になっていたからである。ぷす、ぷす、となにかを焼いているような音がしてＤＪがじっと見ていると、アッチイケヨなどとインド人らしきターバンの男に罵られた。なんてことだ、どうにかしなければ、彼女を案ずるＤＪであったが山本まごころはどの集団にも溶け込むことなく石畳に沿って左折しスロープのついた階段を降りていった。そこは鍾乳洞らしき洞窟の入口であった。

洞窟は「立入禁止」の立て札とともに極太の鎖で訪れる者を拒絶していて現在は閉鎖されているようなのだが、奥からは明かりが洩れていた。山本まごころはかまうことなく内部へと入っていったようである。いくらなんでもこんな洞窟に居をかまえているとは思えない。なにかある。ＤＪは恐る恐る山本まごころのあとにつづいて内部へと入っていった。誰もこないはずなのだが、設置された照明によって洞内はかなり明るい。どうやら鍾乳洞のようである。過去から現在、そして未来へという時の流れを肌で感じることができるような世界が目の前にひろがっていたのだが、ＤＪの関心をひくことはなかった。入ってすぐに道は左右に分かれていて左の道は見学者用につくられたのであろう遊歩道なのだが山本まごころは右の徐々にせばまっていく心細げな道に進路を取っていた。ＤＪが背後で見守っていると山本まごころは四つんばいになって細いトンネルに入り込んでしまった。いったい彼女は何者なのか、もうすぐ夜が明けそうな時刻である、こんな時刻になぜ閉鎖された鍾乳洞に？　なぜ遊歩道を使わない？　アウトドア派？　なわけない、アウトドア派の女の子がコスパなんかにくるものか。それでは、そういう女の子なのか？　そういう、つまりは朝方近くに奇怪な鍾乳洞に馳せ参じてナイスガイ・いけめん・ビーボーイといった連中と刹那のパラダイスで肉欲の宴に浸りふしだらな悦楽に溺れる、そういう行為をする女の子なのか？　そんなセキララそんなの嫌嫌！　強く否定しながらもしきれるだけのデータはない。むしろアイパー・ピンクの衣装で挑発的なポーズを決める彼女ならばと、複数の男子（コスプレーヤー）と性交している彼女の姿をかなり具体的にイメージして勃起したＤＪは山本まごころについてなにも知らない自分にあらためて気づいた。川のせせらぎが聞こえたりして、そんなこんなで、よし今日はここまで、つづきは後日、よくやった、彼女についていろいろわかったし、なんだか寒いしさ、遊歩道脇にある小さな祠《ほこら》の前でそう思うのだが、さりとて引き返すわけでもなかった。ＤＪキャベツはだらしがないほどにぐずぐずしていた。足が震えるＤＪキャベツはびびっていたわけだが、それもやむを得まい。これはなんだ？　いかにも小型注射器を収納するに便利そうな銀の薄っぺらなアルミケースが、万年筆型懐中電灯などと一緒に一個二個と捨てられているではないか、にしても、いやな感じであった。ここでやめてしまうと巨大なだけでひたすらに無機質な塊が心にのしかかってくることもわかっていた。いつものことだから。常時心の片隅に存在している女の子を尾行している自分・いくじなしでなにもしない自分・いったいどちらが醜いだろうかなどといつのまにか引き返すための正当な言い訳を考えている自分、さてさてどれが一番醜いの？　公平に判断すると三種類に分類された我が身のどれもが汚らしいように思えた。実際にＤＪキャベツの体左半分はいまだかなり汚らしいことになっていたわけだがとにかく、ＤＪは決断を渋りつづけた。絶好のチャンスではないか、彼女と近づけるチャンス、チャンス、そんなことわかっています、いやになるほどわかっているのです、わかってるんだよ、りんじ君！

トンデル彼女見つめて左耳にヘッドフォン押しつけて、「ロックリバーへ」から「にんげんっていいな」へという流れのなか、コスパも終盤に向けて最高の盛り上がりをみせようとする頃にいつも、DJキャベツは思うだけだ。きみはみちたりているか？　そうあればいいとかれは思うだけだ。いつまでも自分とはまるで無関係にアイパー・ピンクは生きていて、跳ねていて、ピンクでいるのだろうか。それでも彼女のためだけにレコードはまわっている・彼女と目があうのは確実なのに・彼女のウォークマンにはいつもぼくのオリジナルテープが入っているといいのに・あるといいながあればいいのに、結局なにひとつとしてやりもしないでそんなことばかりを日記帳に綴るDJキャベツに友人の超三流小説家江尻五郎（本名・古川りんじ）は言う。「現実的なことを言うと、樋口！　きみは自分の体臭をかなり気にしているんだね」このようなある種のデリケートさを要請する発言でばさぐさ袈裟斬りにされてしまうと、そんなことありませんなどと適当な言葉を返すことはできない。ましてや、ぼくはくさくありません、なんて言えない。きつい匂いは事実だから。とうに自身でも気づいている。江尻五郎は言う。「だらしないぜ、きみ」「なにがですか」「日記に書いてあったぜ」「勝手に読まないでください」「隠すことじゃないさ」ふたりが居住している一刻館の4号室と5号室のあいだの壁は穴で通じていて互いに出入り自由だ。DJが黙っていると江尻五郎はつづける。「悶々としているだけでそれだけで満足できるのかどうかはきみ次第だからとやかく言うことはしないが」「わかってます」とやや反抗的に答えるＤＪキャベツ。わかってます、いやわかってない、いや嘘、ほんとうはわかってない、それも嘘、わかってはいるのだがわかっていることを認めたくないということをＤＪキャベツはわかっている。ではなぜなにひとつとしてやろうとしないのか。そんな設問に対して、ＤＪキャベツは無限の言い訳を積み上げることができる。事実、そうしてきた。昨日も一昨日も。そして今日も？　そんな自分に嫌気がさしてピッツァを死ぬほど食らったりしてみるのだがそれは無意味だ。無意味だ。そして同様の無益な行為に埋もれる日々はかれを限界へと追い込んでいったのである。かれ自身のなかのなにかがぴきぴきと音をたてて破裂した。勇気、ではなくて単にネジの一本が吹っ飛んで本能に従って、ぼくはやるのさ、まーん、逆ギレ気味にひとり宣言して試行錯誤の末に体臭を消すため消臭スプレーをこれでもかこれでもかと体に吹きつけてそれだけではもの足りぬと食塩やらコショウやらを腋にふりかけてさらに中華ドレッシングにアロエ等をもたっぷり塗りつけてそれらを覆うようにして肩から腋にかけてをガムテープでぐるぐるぐるぐる巻いて今夜のＤＪプレイにのぞみ、そして、いま、こうして長かったパーティー終了後Ｇジャンに着替えた山本まごころを尾行しつづけるという初めて能動的な行為にでたのはこれ以上彼女との距離を離されたくなかったからではないか。いつものとおりにいつもの場所でつかず離れず傷つけあわずにやっていくことにどんな展望があるというのだろうか。このままここでぐずぐずしていれば山本まごころは届かないところへと行ってしまうかもしれないではないか。しれないではないか。いこう。

ＤＪキャベツは腋の匂いを嗅いだ。ちょっとつんとしたけどくさくない。絶対くさくない。体臭とはちがう多種多様な成分のために新たなる異臭が漂っているのだがDJキャベツはくさくないと思った。ぼくはくさくないよね、そんな呟きにずいぶんと古くさい3Dホログラムのような実体なきミニ江尻五郎が祠の前にゆらめき現れて、言った。

「あたりまえ、うっ、くさくねえ、くさくないさ、ばかやろう」

えっ？　驚き前につんのめった拍子にDJキャベツが踏んづけてしまうと痛っと言ってミニ江尻五郎は消えた。幻？　だとしてもそんなことはどうでもよくて、よし、DJキャベツは念のために万年筆型懐中電灯を口にくわえて前進を決意した。

ガリバートンネルのように窮屈になる進路を四つんばいになってすすんでいくとほんの少しだけのぼり傾斜になっていて前方から水が流れてくる。手足をぐしょぐしょにしながら更に二十メートルほどすすむと、いくつかの横穴がある細長い空間にでた。備え付けの照明はすでになくて横穴に蠟燭が灯されていて砂時計のような形をした石柱やつららを照らし、どこか神秘的な様相を呈していた。石床には岩石が転がっていてそれをよけながら歩いていくと先は薄暗くてどうなっているのかわからない。彼女はどこへ行ったのだろうかと辺りを見まわしてみると、いた、二階ぐらいの高さの横壁にまるでヤモリのようにぺたりと張りつきスパイダーマンよろしく右上がりに登っていた。あそこを、登れ、というのか？　このまま直進してはだめなのか？　ふたたび臆するDJキャベツであったが、なるほど、足場になりそうな突起やへこみが要所要所にあって、やってやれないことはない。今日はブーツでほんとよかった。DJキャベツは登りはじめた。見よう見まね手探り足探りで凸凹を探して少しずつ少しずつ登っていった。たいした高さでもなく恐怖心はあまりなかった。黒く煤《すす》けた天井に突きあたると今度は踵がはみだすほどしかない絶壁の段状になった足場を頼りに風紋のような形状の横壁に両手をひろげて腹ばい状態となってちょこちょこ右へとすすんでいった。難所であった。すすんでいるつもりだが思うようにすすまない。常識だから下は絶対に見ないつもりが好奇心がすぎてＤＪはちょっと見てしまった。暗闇であった。三、四メートルの高さを登っただけだと思っていたのだが見ると背後は果てのなさそな断崖なのである。足がすくみ、あんぐり開いたＤＪの口から万年筆型懐中電灯が落ちた。いつまでもいつまでも音は聞こえてこなかった。頭のなか真空で横壁はぬるりとして何度も滑り落ちそうになり、遂に、もう駄目、ぼく帰る、引き返そうとして首をねじ曲げてみると、やあ、いつからいたのかヘッドライトを装着した垢抜けない男女がこっちに向かってやってくる。一方通行であった。後戻りはできない。のろのろしているうちに後続のふたりにあっさりと追いつかれ、早く行けよと罵倒されながら強制的によちよちとすすみ、ふとＤＪキャベツは自分の兄が高校時代に山岳部に所属していたことを思いだした。当時、中学生だったＤＪ（当然、ＤＪではないが）は、なぜに金と時間を費やしてまで険しい山道を暑苦しい恰好で登らなければならんのか、二度とこない青春の日々をそんな徒労で埋めつくしてしまうのか、理解に苦しんだ。こうしてなんの脈略もなく当時の兄と似たような体験をするはめになっても、やはり、理解できなかった。意味もなく兄を逆恨みしながら泣きながら一歩ずつ一歩ずつ、ようやく日常的な姿勢で歩行できる空間にでた。

　背後の断崖は円柱状に空いた巨大な穴のようであったがそんなことはどうでもいい。Ｄ

Jキャベツのすぐそばに滝が流れていたのだがやはりそれもどうでもよかった。右に滝、左にちょっとした空洞があってそこにも蠟燭が灯っているのだが誰もいなかった。そして山本まごころにつづきDJキャベツは体全体の小刻みな震えを止めるまもなくトランス状態のまま正面のほぼ垂直の絶壁を最初のときと同じ要領で登りはじめた。DJは無心だった。どうしてこんな壁を登ることができるのだろうか？　昨日のおれにこんなことできたか？　ねえ、りんじ君？　そんなふうなことを考える余裕は一切なかった。これはある種の気合いである。人間、気合いを入れればある程度のことはできる。ある程度のことではあるが。見上げれば山本まごころのおしり。DJキャベツは無心のくせに勃起だけはしていた。勃起して落ちそうになった。局部が突きでただけで危うい状況なのだ。全長三メートルぐらいの石柱に男がしがみついている。

三十分ほどの時間を要して登りつめたDJの鼻先に山本まごころのうなじ。鍾乳洞にはいくつものルートがあるようで、あらゆる横穴からわらわらと若い男女が集結しはじめていつしか列をなして幅はせまいが立って歩けるトンネル状の空洞をDJは生命の輝きを謳歌（嗚呼兄さん！）しながら歩いていた。体の震えもようやくおさまり彼女との距離約二センチ。常に一定の距離があった、あの女の子がすぐそばに。Gジャンの襟からクリーニングの紙札がはみ出していたりしてそういうところがまたいいのさ、いったいなにが「また」なのかDJキャベツがひとり不気味な笑みをこぼしていると、うしろの男から、早く行けったら、言われて気づかないうちに閉じていた目を開くと山本まごころの背中はずいぶんと先に行っていた。あ、小走りにかけていきながら、少しずつ冷静な気持ちになってみると、ここでこれからなにが行われようとしているのかという、あたりまえの疑問がようやく湧いてきたと同時にセキララな想像が消えた。列をつくり入場しようとしている以上はなにかチケットのようなものが必要なのではないだろうか。もちろんそんなものは持参してない。自分はどうしたらよいのか。どのようにして目の前に迫る危機を回避すればよいのかといった不安も以下のような会話によって杞憂《きゆう》に終わった。

男Ａ　こんな朝焼けの時間に朗読会というのも乙なものだね。

男Ｂ　ちがいない。「早起きは三文の得」とはまさにこのことさ。フリー・イベントってところがまた憎いじゃないか。憎いじゃないか。え？　おい。

男Ａ　そうだね。

落ち着きのないざわめきが耳に届く。ＤＪキャベツが列に沿ってすすんでいくと細々とつづいたトンネルが突然に口を開いて大きな洞穴が目の前に現れた。直径三十メートルはありそうな楕円形の天然ホールには数十人ぐらいの人間が集まっていた。ホールを囲むようにして蠟燭が灯されていた。山本まごころは群衆の一番後ろあたりでそわそわしはじめた。その真後ろにぴたりとついたＤＪキャベツもまたそわそわしはじめた。夜中まで踊りあかして、ほんともう眠いっていうのに、こんな「朝焼けの告白」とやらに参加するとはなんてタフな女の子なのだろうか、タフな女の子が好きさ、妙に浮足立ちはじめたＤＪキャベツであったが、突如、歓声があがって驚いた。ＤＪキャベツらが入ってきたのとちょうど真向かいにあるべつの横穴からひとりの男が出てきて群衆の視線の先にある岩石でできた壇に立ち一冊の本を頭上に掲げた。ＷＨＡＡＡＡＡ！　過剰なまでの周囲の反応に面食らいつつもＤＪキャベツはおやと思った。遠く暗くてよくわからないが、壇に上がった男、青と白のストライプの入った派手なジャケツの男は自分がよく見知っている男のように見えた。アナウンスによる紹介。あれ！　というＤＪキャベツの声に反応したのか突然に山本まごころがふり向いた。ふたりの目があった。——もしかして自分と目があっているのは我等がＤＪキャベツではないかしらん・あなた誰だか知らないけどここまでわたしを尾行しつづけてきたこと最初からわかってるから・あなたくさい・同じ「朝焼けの告白」に参加している者同士という意味だけのそれだけの——といった数パターンの解釈が可能な意味ありげなそうでもないような笑みというかなんというかとても曖昧な表情を目の前の女は浮かべるだけでなにも言わなかった。ＤＪキャベツもなにも言わなかった。言えなかった。洞穴全体に響く呟くような声の主・江尻五郎はここでいったいなにをしているのか。ＤＪキャベツは混乱していた。すべてが共鳴して不協和音を響かせていた。目と目があっている、ここまで尾行しつづけてきた、襟からクリーニングの紙札がはみ出ている、タフな目の前の女はあきらかに、山本まごころとは似ても似つかない女性、ライオネス飛鳥似の女性（推定年齢三十八歳）であったことからＤＪキャベツの世界は、ぽむ、なんて情けない音をたてると機能停止状態に陥った。

というわけで、しばらくのあいだ、かれの世界が正常にその機能を再始動させるまでのあいだ、訥々と江尻五郎が語る言葉によって構築される虚構世界『春は酩酊』のなかを我々はさまよわなければならないようだ。え？　もういい？　なに、きみがしっかりしないから。

1

ヒグチヨウコウは恋をした。

あの、独特なやつである。意味不明に浮いたり沈んだりするやつである。なにかが起こりそうなはじまりそうな、そんな気がする（あくまでそんな気がする）、独特なやつね。それだけは確信できたヒグチヨウコウなわけだがその他諸々については、よく、わからない。四つ目となる穴をくぐり抜けてみるとやはりそこにはこれまでと同様に一メートルに満たない幅のトンネルが左右にのびていた。すすもうとするまでもなくすすんでいけばまた元の位置に戻ってくることは明白であったのだが、さらなる穴を探すべくヒグチヨウコウは右へとすすんでいった。

なんというはじまりであろうか。ここにいる、と気づいてからどれぐらいの時間が経過したのか、ヒグチヨウコウはもはやわからなかった。時間感覚は完全に麻痺状態となっているのだから判然としないがとにかく、数時間前かあるいは数十分前、もしかすると数秒前、下手したら数日前、オケツが痛くてヒグチヨウコウは目を開けたのであった。痛むオケツを押さえてヒグチヨウコウは立ち上がりライターを点けた。もわっと浮きでた光で周囲をさぐってみるとずいぶんとせまいことがわかって直径二メートルほどの円柱のような感じの底に自分はいるようであると判断した。周壁はコンクリートで塗り固められているようであった。足元に巻き尺が落ちていた。もはや使われていない枯れ果てた井戸であろうかとヒグチヨウコウは思うのだが枯れ井戸のなかに入ったことも見たこともないので断定はできなかった。仮にそうだとして、ここが枯れ井戸最深部だとして、なぜ自分はこんなところにいるのか、ここはどこの枯れ井戸なのか、それはやはりわからない。ただひとつのことだけを除いて、それ以外のことはまるで確信がない。昨日のこともまったくおぼえていない。一昨日も一昨々日《さきおととい》のことも。ヒグチヨウコウは左手首を火で照らしてみた。腕時計がなかった。いつも身につけている腕時計、フルカワくん言うところの「戦車に踏まれたらさすがに壊れる」Gショックスが消えていた。ショックだった。あたりを探してみたが見当たらない。いまは何時なのか、今日が何月何日であるのか、果していつからここにいるのかもわからない状態であった。ヒグチヨウコウは口のまわりを撫でてみた。髭がのびているような感触はないところからすると数日のあいだ、のんきにこの枯れ井戸らしき底でじっと横たわっていたわけではないようだ。空腹を感じてはいるがそれはとても耐えきれないほどのものではなかった。オケツがずいぶんと痛むのはおそらく落下したときの衝撃によるものと思われるが、どうして二十一世紀にもなって枯れ井戸の底（かどうかはわからないが）に落ちるなどという間の抜けた結果に陥ったのか、思い出そうとしても思い出せやしない。

　きゅん、ふぬけた声とともにヒグチヨウコウは座り込んだ。見上げると枯れ井戸の高さ、いや深さは五メートルほどであった。井戸とはこんなに浅いものなのだろうかという疑問がわき起こるヒグチヨウコウではなかった。星も月もなにも見えないで井戸の縁だけがかろうじて確認できた。おうい誰かいないか、兄弟、助けてくれないか、くり返し声を

張り上げてみたが反応はなかった。そして突如ヒグチヨウコウは馬鹿みたいに笑いはじめた。きゅん、などと頭を抱えるほどの困難な状況に陥ったわけではない少年雑誌の近未来ぼくらの現実二十一世紀！　携帯でＳＯＳ信号を送ればいいではないか誰かに助けを求めればいいだけではないか。とりあえずフルカワくんにでも電話してみようとズボンのポケットから携帯を取り出すと、へこー、掌中にあるのはどう見ても携帯電話ではなくて近未来テイストの通信機？　中央のスピーカー部分がぼこっとへこんでいた。オケツが痛むのと同じ理由でこのような状態になってしまったのであろう。携帯電話はどこにもない。こんなものいつ買ったのだろうか、欲しいと思ったこともない、こんなくだらないものをどうするというのだ、と思いつつもちょっとかっこよいな、なんて思って、理解不能なのだがヒグチヨウコウはアンテナをのばし赤の青のボタンを押してみた。もちろんどんな反応もない。玩具だから。だいたいこれが本物だとして、携帯があったとして、ＳＯＳを送ることができたとして、わかったわかったきみが現在おかれている状況はよくわかったがところできみはいったいどこにいるのだ、と訊ねられたらどう答えればいいというのだ。事実枯れ井戸だとしてどこの枯れ井戸なのだ。近所に枯れ井戸などあっただろうか。わからない。ふたたび困り果てたヒグチヨウコウがザンコクだーっ、雄叫びをあげて落ちていた巻き尺を壁に投げつけると、ぽこ、間の抜けた音が響いた。近づいて火を照らしてみると、さっきはまるで気づかなかったのだが、壁の一部がベニヤ板で塞がれていた。恐る恐るベニヤ板に手をかけてみると、悲しいぐらいに容易に板を取り外すことができた。単に立てかけられていただけのベニヤ板が塞いでいたのは成人男子でもどうにかくぐって入れ

るほどの小さな穴であった。ヒグチヨウコウは穴に頭だけ突っ込んで匂いを嗅いでみた。異臭はない。右手をのばして探ってみても気味の悪い甲虫の類はいないようだ。かっこ悪いと思いつつも誰が見てるわけでもないのだからとかなり長い時間を要して考えてからヒグチヨウコウは四つんばいになって穴へと入って行った。三メートルほど行くと、左右にのびた幅一メートル弱、高さ一・五メートルほどの通路に出た。また、おかしなことになってきた、なぜに自分はこんなにも因果な目に遭わねばならぬのか、まるでわからないのだが目覚めたときから頭の右隅あたりに鎮座しているヤマモトマゴコロという名前が気になってしようがないのもまた事実だ。

じっとしていても事態が好転するとは思えずヒグチヨウコウは抜け出た穴に巻き尺を置いて、右にのびる通路を中腰のまま歩き出した。通路は緩やかに右へとカーブしつづけていた。現状を把握すること、そしてそれと同等いやそれ以上に明確にしたいことがある。なぜだか確信できている自分の恋心とヤマモトマゴコロという名前を直結してしまうのはあまりにも安易だろうか？　ヤマモトマゴコロの姿形はまったく思い浮かばない。どこの誰だか記憶にない。ただ漠然と「ヤマモトマゴコロ」という名前だけがヒグチヨウコウの記憶のなかに存在していた。そして自分はおそらくそのヤマモトマゴコロとやらに、恋、してる？

まず、枯れ井戸と思われるこの場所に落下したという事実。次に、いま自分は誰かを好きになっているという事実。そして、ヤマモトマゴコロという名前がへばりついて離れないという事実。無関係のようでいてやはりこれら三つの要素は互いに強く結びついているのだろうとヒグチヨウコウは思った。秩序立てて考える。自分はある日（そんなに過去のことではないだろう）ヤマモトマゴコロという女の子に出会った。その瞬間か、はたまたある期間をおいてからなのか、とにかく自分はヤマモトマゴコロに恋をする。そして枯れ井戸に落ちた。うむ、まちがいない。ヤマモトマゴコロの存在と枯れ井戸に落ちた事実がどのように結びつくのかはわからないが、とにかくこういうことになるのであろうとひとりヒグチヨウコウは思った。まさか、まず枯れ井戸に落ちてからそしてヤマモトマゴコロに出会って恋をした、ということはないはずだしね。結局のところ、ここ数日の記憶が欠落していることが問題なのだとヒグチヨウコウが最も新しいと思われる記憶を呼び起こそうとしたそのとき、壁を撫でていた左手のひらに異質な感触があった。さきの穴と同様に簡素なベニヤ板が立てかけられていた。ここはとりあえず、とそのまま先にすすんだヒグチヨウコウが記憶の底からどうにか引きずり出すことができたのは春物の上着であった。そういえばずっと着ていた紺のウインドブレイカーが遂に駄目になってやむなく新しい春物上着を買いにいった。買った！　ブルゾンを買った。特価品ですからの白いやつだ！　だがその白いブルゾンを着た記憶がない。ヒグチヨウコウはいま自分が着ている上着に手を触れてみた。感触はウインドブレイカーのそれではなくブルゾンでもなくてごわごわとそれでいてやさしげな感じであった。色はオレンジであった。これはフリースというやつではないだろうか？　こんな服を買った記憶はまるでない。あるのは白いブルゾンだ。記憶ちがいだろうか。ついでにとライターの火で照らしてみた自分がはいているGパンにもおぼえはなかった。いつのまにこんなものを買ったのだろうか？　もったいないではないか、まだ駄目にはなってなかった、いままでのズボンは。わずかではあるがようやく前へすすんだと思った途端にヒグチヨウコウは巻き尺を置いた元の位置に戻ってきた。

　井戸とはこのような構造になっているのか、そんなことを知るわけもないヒグチヨウコウはそのまますすんでさきの二つ目の穴をくぐった。くぐり抜ければこれもまた同様に左右に通路がのびていた。右は右に、左は左に曲がっている。つまり歩いていけばまたこの位置に戻ってくるのだろう。わかりきってはいるのだがヒグチヨウコウは次の穴を探すべく壁を撫でながら歩きはじめて、錆びた古い燭台が落ちているのを見つけた。ここで生活しているひとでもいるのだろうかと思ったが、さすがにそれはあるまい。あまり気にもとめずにヒグチヨウコウはフリース？　のポケットに手を入れた。なにも入ってなかった。次にGパンのポケットから財布を取り出した。千円札六枚と小銭が四百円ほど。ヒグチヨウコウの平均的な所持金であった。そして千円札に重ねるようにして一枚の紙と写真が入っていた。立ち止まってライターの火で見てみると紙には《四月十五日　１７００》と書いてあった。意味はわからない。そして写真にはフルカワくんと女のひとが写っていた。まったく記憶にない、知らない女性であった。よく見ると女子プロレスで活躍したクラッシュギャルズの右だか左だかわからないが名前にカタカナがついていたような気がするほう（以下、クラッシュギャルズのカタカナ）に似ているのだが微妙にちがうような気もする。というかちがう。どうしてフルカワくんとクラッシュギャルズのカタカナにちょっと似ている女性が仲むつまじく肩を組んで写っている写真を自分が持っているのだろうか？　安くしとくからとでも言われて買ってしまったのだろうかと歩きはじめたヒグチヨウコウではあったがいくらなんでもさすがにこんな写真を買うなんて。ではもらったとしたらどうだろう。その理由は？　考えるまでもない。結論はたったひとつ。

クラッシュギャルズのカタカナにちょっと似ている女性＝ヤマモトマゴコロ。

すべての状況がそれを示しているではないか、新たなる穴をくぐりながらヒグチヨウコウは早急に結論づけた。絡んだ糸がほぐれてきた。自分はこのクラッシュギャルズのカタカナにちょっと似ているかもしれないヤマモトマゴコロに出会ったのだ。もしかするとフルカワくんの粋な計らいによってかもしれない。そして、恋に、おちたのだ。名は体を表すというが、見れば見るほど写真の女性の名前はヤマモトマゴコロのみがふさわしいように思えた。そしてヤマモトマゴコロという名前を持った女性の容姿はこの写真の女性のようであるべきだと思った。決して思い込みというやつではなくてヒグチヨウコウにはそれ以外には考えられなかった。またひとつ前進そしてまたひとつ障壁でヒグチヨウコウはとりあえず具体的に見えてきたここまでの流れを整理してみることにした。

ある日ぼくは服を買いに行ったのだ。春物の上着だ。ほうぼうの店をまわって特価品の白いブルゾンを買った。いやオレンジのフリース？　とにかく予想以上に安く手に入ったからいつものように本でも買おうと古本屋に行ったような気がする。古いＳＦ映画雑誌を買ったような気がする。店番の子がとてもかわいい女の子だったような気がしてきた。あ、その店の名前、〈まごころ堂〉だったような気がしてきた！　やまもとまごころ！　つながった。どうにかしようと思うばかりでどうにもできずにいくじがないぼくはやっぱりなにもできないままフルカワくんに相談に行ったにちがいないや。でも……最近はフルカワくんとは会ってないような気も、どうなのだろうか。なにか気に障ることを言って怒らせてしまったような記憶もあるのだがフルカワくんは友達だからぼくの友達だから運よくというか嘘みたいにというかフルカワくんと〈まごころ堂〉のかわいい女の子つまりは山本まごころとは知り合いだったにちがいない。波瀾万丈じゃなくてもいいさ！　あとファッションね、フルカワくんはそんなことをぼくに言ったんだ。そのときぼくは白いブルゾンによくわからないいつもの三年ぐらい前に買ったズボン。そうか、ぼくはダサいのか。そしてオレンジのこのフリース？　にGパンというわけだ。このフリースにGパンが果してかっこいいのかどうかよくわからないのだが、またつながった。あれやこれやと注文をつけながらもフルカワくんは山本真心とのことをうまく取り計らってくれた。そして、ぼくは、やまもとまごころと待ち合わせた。そうかそれで《四月十五日　１７００》だ。１７００とは17時00分つまり午後五時ちょうどに待ち合わせたということか。場所は書いてないがそんなものは決まっている。〈まごころ堂〉前だ。ヤマモトマゴコロは五時に仕事が終わるのだ。ぼくは新しい服を着て待ち合わせ場所へと駆けて行ったんだ。駆けて行って、駆けていって、そして駆けて行って、いま、ここにいる。

ずどーん。ヒグチヨウコウは思った。またべつの穴をくぐり抜けて思った。自分をこのような枯れ井戸？　なんぞに突き落としたのは、得体の知れない、不条理な、非現実的な、でっちあげられたような存在の仕業ではないか、強くそう思いながら地団駄ふんだ。

いつまでこうしてぐるぐるまわりつづけるのだろうか、きっと彼女はもう待ってはいないのだろう。巨大な輪をへなへな歩くヒグチヨウコウは手のりサイズの黄金の仏像やら血染めの手拭い、つるはし、割れた皿などを発見するのだが次の穴が見つからないことをどう解釈すればよいのかわからなかった。気がつくと一周していた。ここまでくると一周するのにもずいぶんと時間がかかる。ひたむきに前進をつづけていけば、いつしか外に出られるのではないかと、ヒグチヨウコウはなんの確証もなく思いはじめていたのだがその矢先に次への扉が見つからない。残された時間はあとわずか。残された時間？　いや、酸素だとか空腹感だとか枯渇感だとかさ、いろいろとあるわけだが、ここで焦ってみてもはじまらぬのでヒグチヨウコウは単に見落としただけなのではないかともう一度同じ道を今度は注意深く歩いてみたのだが結果は変わらないのである。次へと通じる穴はどこにもないのである。さよならか。さよならさ。わけのわからぬままどうしようもなく進退ここにきわまり寝耳に水のＪＲダイヤ改正で分倍河原暴動勃発、次々舞い込む陽気なニュアンスの不在通知、愛、愛、愛、愛、愛を、と連呼するヒグチヨウコウは新たなる穴を発見することができるのか？　埋蔵金発掘場跡から無事脱出することができるのか？　果してヤマモトマゴコロはライオネス飛鳥似なのか？　嗚呼我々はすべてを知っていた、物語はすでに結末を迎えていた、いや、べつに誰も、賑やかな場所で無意味な台詞を吐くだけでその他諸々の詳細および次章にて風雲急を告げる新展開をただひたすら惰眠を貪ることなく刮目《かつもく》して待機せよ全読者諸君！　なんて嘘！

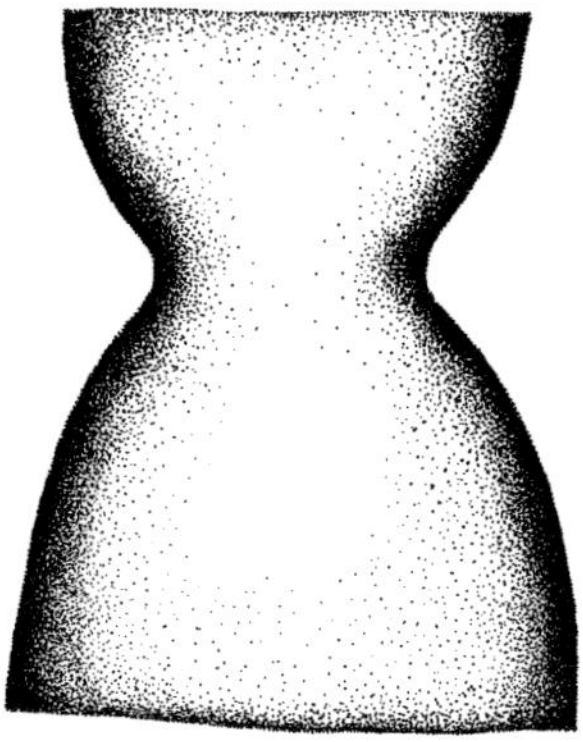

初出　世紀末ディスコ「リトルモア」vol.15
マシュマロハイキング「リトルモア」vol.20
春は酩酊「リトルモア」vol.18

岡武士（おか・たけし）
1973年東京生まれ。
2000年、「世紀末ディスコ」にて第7回リトルモア・ストリートノベル大賞佳作入選。
劇団介清ハミング侍・座付き作家。

世紀末ディスコ

2002年10月14日　初版第一刷発行

著　者　岡武士

発行者　竹井正和

発行所　株式会社リトル・モア
〒107-0062　東京都港区南青山3-3-24
電話 03(3401)1042　ファックス03(3401)1052

印刷所　凸版印刷株式会社

ISBN4-89815-080-2　C0093
JASRAC出0210684-201